编委会

顾问：

李润田　王才安　孙培新　王文金　张秉义　关爱和　娄源功

编委会主任：

卢克平　宋纯鹏　张锁江

编委会副主任：

谭　贞　张宝明　季　波　许绍康　孙君健　孙功奇　杨朝阳
王学路　冯淑霞　傅声雷　张立新

编委会委员：(按姓氏拼音排序)

蔡　军　程遂营　丁翼虎　冯淑霞　傅声雷　洪　浩　桓占伟
姬志闯　季　波　孔令刚　李永鑫　卢克平　苗长虹　祁琛云
任东景　宋丙涛　宋纯鹏　孙功奇　孙君健　谭　贞　王鹏飞
王思琦　王性玉　王学路　武新军　席卫权　许绍康　杨朝军
杨朝阳　杨光辉　杨国安　于华龙　展　龙　张宝明　张大超
张立新　张锁江

丛书主编：

孙君健

执行主编：

展　龙　杨国安　桓占伟

副主编：

丁翼虎　孔令刚

"夷门传薪学人传"丛书

丛书主编　孙君健
执行主编　展　龙　杨国安　桓占伟

夷门传薪学人传

于安澜

陈丽丽　著

河南大学出版社
HENAN UNIVERSITY PRESS

·郑州·

图书在版编目(CIP)数据

于安澜/陈丽丽著. -- 郑州:河南大学出版社,2022.8

("夷门传薪学人传"丛书/孙君健主编)

ISBN 978-7-5649-5255-6

Ⅰ. ①于… Ⅱ. ①陈… Ⅲ. ①于安澜(1902-1999)-传记 Ⅳ. ①K825.46

中国版本图书馆 CIP 数据核字(2022)第 142166 号

夷门传薪学人传 于安澜
YIMEN CHUANXIN XUEREN ZHUAN YU ANLAN

责任编辑	纪庆芳
责任校对	王　慧
封面设计	翟淼淼
出版发行	河南大学出版社
	地址:郑州市郑东新区商务外环中华大厦 2401 号
	邮编:450046　电话:0371-86059701(营销部)
	网址:hupress.henu.edu.cn
排　版	河南大学出版社设计排版部
印　刷	河南瑞之光印刷股份有限公司
版　次	2022 年 8 月第 1 版　印　次　2022 年 8 月第 1 次印刷
开　本	889 mm×1194 mm 1/32　印　张　7
字　数	163 千字　　　　　　　　定　价　28.00 元

版权所有·侵权必究

本书如有印装质量问题,请与河南大学出版社营销部联系调换。

述往事思来者根在夷门

（总序）

夷门，是一个比开封还古老的名字。

夷门是战国魏都城的东门，因城门修在夷山之上，故名。

夷门最早的故事与魏公子无忌有关。无忌为战国时期魏国第五任君主魏昭王的小儿子。魏昭王去世后，无忌同父异母的哥哥圉继承王位，是为安釐王。安釐王封无忌于信陵（今宁陵），是为信陵君。信陵君的第一个故事是养士辅政。其时，魏国在与秦国的对抗中，处在不利地位。信陵君仿效齐之孟尝君、赵之平原君、楚之春申君的辅政方法，养士三千，诸侯因此不敢加兵于魏十余年。七十岁的夷门看守人侯嬴与屠夫朱亥，均为信陵君礼贤下士所交好友。信陵君的第二个故事是窃符救赵。公元前257年，秦围赵都城邯郸，赵王的弟弟平原君求救于魏。魏王派晋鄙率兵十万，到达邺地。但迫于秦威，止步不前。信陵君听取侯嬴之计，窃取虎符，与朱亥前往邺地。在晋鄙对虎符有疑时，朱亥椎杀晋鄙。信陵君率兵救了赵国。侯嬴在信陵君到达邺地时，自刎于夷门。

窃符救赵的故事发生一百余年后，司马迁寻访战国争雄的史迹，来到夷门。对千金一诺、侠义热血故事颇有兴趣的司马迁,在《史记·魏公子列传》中做了上述精彩描述,扣人心弦犹如小说家言。信陵君事迹很多,司马迁只记礼士与救赵;信陵君在魏养士三千,详写的只有侯嬴与朱亥。传记的结尾,意犹未尽,作者再次称赞信陵君不耻下交的礼士精神:"吾过大梁之墟,求问其所谓夷门。夷门者,城之东门也。天下诸公子亦有喜士者矣,然信陵君之接岩穴隐者,不耻下交,有以也。名冠诸侯,不虚耳。"仁而谦恭,礼贤下士,成就大业。这是夷门叙事的第一重启示。

公元前99年,司马迁为李陵事获罪,受腐刑,因著书事业而隐忍苟活。受刑的第二年,朋友任安写信询问情况,司马迁写下了传诵千古的《报任安书》,完整描画了一个知识人最高最完美的理想:"近自托于无能之辞,网罗天下放失旧闻,考之行事,稽其成败兴坏之理,……凡百三十篇。亦欲以究天人之际,通古今之变,成一家之言。"据此话推定,《史记》已大致完成。今传《史记》有《太史公自序》,其有感于自己身世,而追述中国历史中圣贤发愤著述的传统:"昔西伯拘羑里,演《周易》;孔子厄陈、蔡,作《春秋》;屈原放逐,著《离骚》;左丘失明,厥有《国语》;孙子膑脚,而论兵法;不韦迁蜀,世传《吕览》;韩非囚秦,《说难》《孤愤》;《诗》三百篇,大抵圣贤发愤之所为作也。此人皆意有所郁结,不得通其道也,故述往事,思来者。"这种圣贤发愤著述的传统,是司马迁完成《史记》的支撑力量,也化为以立言为志的中国士人生生不息的精神资源。"究天人之际,通古今之变,成一家之言"与"述往事,思来者",共同成为读书人立言著述的最高理想。身为记述唐尧以来中国历史的史官司马迁,历史上却没有留下他本人卒年的记载。近代王国维考证,司马迁大约卒于汉武帝末年。勤奋于"述往事,思来者"之业,究天地之际,通古今之变,成一家之言,燃烧自我之身,不计身后之名。这是夷门叙事的第二重启示。

公元960年,北宋政权以开封为都城建立,从而创造了继唐代后又一个统一王朝的辉煌时代。此时距司马迁《史记》成书,已过去千年。夷门不在,夷山依旧。夷山之上,北宋皇祐元年(1049年)建起了开宝寺塔。塔体外立面均为褐色琉璃砖,浑似铁铸,民间俗称"铁塔"。1912年,铁塔南麓,建立了一所大学——河南留学欧美预备学校(今河南大学前身)。河南大学的学生均以"铁塔牌"自称。铁塔成为这所大学毕业生最早的logo(标签)。当年椎杀晋鄙的朱亥,因窃符救赵之功,被授相印,其封地原名聚仙镇,在北宋末,改称朱仙镇。岳飞抗金,取得朱仙镇大捷,也终没有挽救北宋王朝的命运。北宋的成功,在文治而不在武功。20世纪40年代,陈寅恪为邓广铭《宋史职官志考正》作序,有"华夏民族之文化,历数千载之演进,造极于赵宋之世"的称赞。一个以唐史研究见长的史学家,推重赵宋文化,绝非偶然。赵宋时期城与市合一,不需要再像《木兰辞》所言那样"东市买骏马,西市买鞍鞯"。城与市合一的开封,勾栏瓦肆林立,充满着人间烟火气。唐宋以来实行的科举制度,使寒族子弟也可以像世家子弟一样,通过个人的努力,通达社会与文化上层。读书人生气聚集之时,赵宋时期出现了士大夫阶层。士大夫具有超越特定族群、特定利益阶层的历史眼光和宽阔胸怀。祖籍大梁的北宋大儒张载不失时机提出的"为天地立心,为生民立命,为往圣继绝学,为万世开太平"的"横渠四句",成为新兴士大夫群体理想抱负的经典表达。士大夫群体的思想文化创造力活力四射,宋代理学家、史学家、文学家、音乐家、书法家、艺术家层出不穷,群星灿烂,造诣均达极高水平。宋代理学家将儒释道合一,重建儒学体系。新的儒学体系高扬道德的旗帜,以修齐治平调节士人人生期待,以伦理纲常整饬社会秩序。陈寅恪称赞欧阳修晚年所撰《五代史》的功劳在"贬斥势利,尊崇气节,遂一匡五代之浇漓,返之淳正。故天水一朝之文化,竟为我民族遗留之瑰宝。孰谓空文于治道学术无裨益耶?"五四运动过后二十余年,在抗战的炮火中,陈寅恪坚信造极于赵宋之世的华夏文化,本根未死,终必复振。理想、信念、毅力、气节,是读书人的禀赋;立心、立命、继绝学、开太平,为读书人的价值与责任。以治道学术服务国家人民,乃读书的正途与根本。这是夷门叙事的第三重启示。

北宋时期的国子监所在地位于现在的龙亭一带。明代这里辟为周王府。清初,河南贡院一度迁至辉县百泉,清顺治十六年(1659年)河南贡院在周王府旧址修建。因地势低洼积水,雍正九年(1731年)河南贡院迁至夷山南隅。1841年黄河发水,拆河南贡院房舍防洪,第二年重修,新建号舍万余间。1900年的庚子事变,北京用于国家会试的贡院被毁,河南贡院因房舍完好、交通便利,而在1903、1904年成为科举会试所在地。1905年废除科举,河南贡院就成为上千年科举制度的终结地。1912年,河南有识之士在河南贡院的校舍上创办河南留学欧美预备学校,1923年改建为中州大学,1930年易名省立河南大学。因此,从这套丛书的一个人物林伯襄1912年担任河南留学欧美预备学校的校长开始,河南大学叙事便与夷门叙事有了交集,夷门叙事所体现出的精神基因便在河南大学传承延展。与时俱进,百折不挠,在国家、民族站起来、富起来、强起来的百年沧桑中,河南大学以振兴教育、培养人才服务于民族自立、国家复兴和区域发展,成为中原大地高等教育的一棵参天大树。参天地之化,养浩然正气,育万千桃李,以教育报国。此为夷门叙事的第四重启示。

在河南大学迎来110周年校庆之际,学校编写出版"夷门传薪学人传"丛书,嘱我为序。在准备出版的二十多种学人传中,有在河南大学发展的重要节点上做出了重大贡献的主政者,绝大多数是在学校发展的不同时期在学术进步、人才培养方面成绩突出的教授。名人有言:"大学者,非谓有大楼之谓也,有大师之谓也。"这些学者教授就是河南大学的大师。河南大学建立110年来,对国家、对民族的贡献,大部分是通过一代又一代心系桑梓、植根教育的千千万万教育工作者实现的,上述学者教授是千千万万教育工作者的代表。在河南大学这所百年名校中,"究天人之际,通古今之变,成一家之言"的学术创新是他们完成的;"为天地立心,为生民立命,为往圣继绝学,为万世开太平"的学术理想是他们实践的;"参天地之化,养浩然正气,育万千桃李,以教育报国"的百年辉煌是他们参与创造的。这是河南大学110年校庆要编辑出版"夷门传薪学人传"丛书的唯一理由。

有形夷门在司马迁生活的时期已经颓毁,而无形的夷门,留在司马迁的《史记》中,留在宋儒的横渠四句中,留在科举旧地与新式教育的交接中,留在河南大学生生不息的生命意志中。在河南大学建校110年之际,河南大学的注册地移至郑州,但河南大学的办学精神,已经融入河南大学的基因与血脉之中。河南大学从留学欧美预备学校的成立,到今天的"双一流"建设,何尝不是河南有识之士与黄河儿女的"发愤"之作!国家兴亡,匹夫有责,读书人更有责。司马迁"发愤","述往事,思来者"而著"史家之绝唱,无韵之离骚";河南大学"发愤","述往事,思来者"而有发展进步的大手笔、大思路。让我们为之共同奋斗。

放眼寰宇的河南大学,根在夷门。

关爱和
2022年7月

(作者为河南大学教授、博士生导师,中国近代文学学会会长。曾任河南大学校长、党委书记。)

目　录

第一章　勤奋求学，艺文兼擅(1902－1932) ……………… 1

第二章　寓居北平，扬名学林(1932－1939) ……………… 36

第三章　南渡北归，辗转教读(1939－1949) ……………… 63

第四章　时代风云，坦然面对(1949－1970) ……………… 91

第五章　阴霾渐消，影响大增(1970－1979) ……………… 116

第六章　余霞成绮，再放光芒(1979－1992) ……………… 134

第七章　道德学问，泽被世人(1992－1999) ……………… 178

附录

　　于安澜先生著作 ………………………………………… 201

　　于安澜先生年谱 ………………………………………… 203

参考文献 ……………………………………………………… 214

第一章 勤奋求学,艺文兼擅
(1902－1932)

豫北平原黄河北岸,从宋太祖赵匡胤发动兵变的陈桥驿向北,约40公里,有一个古老的镇子——牛屯镇,隶属于安阳滑县。这里是黄河故道区,丰润的水源、肥沃的冲积土,养育了一代代勤劳质朴的中原人。

(一)

光绪壬寅年十月二十三日(1902年11月22日),牛屯镇鸭固集的于家,诞生了一个男婴。于家是当地大户,有田产300余亩,兼做生意,经营过农村信贷,开过中药铺子,家资还算丰厚。中国传统的大户人家,通常都很注重男孩子的取名和选字。于家这个男婴,取名为海晏,字安澜。"海晏"二字出自古书,北魏杨衒之《洛阳伽蓝记》便有"四海晏清,八荒率职",唐代郑锡《日中有王字赋》提到"河清海晏,时和岁丰",薛逢的《九日曲池游眺》亦有"正当海晏河清日,便是修文偃武时"。"海晏"二字,指的是沧海波平、黄河水清,太平盛世。安澜,也是波平浪静、天下太平之意。王褒的《四子讲德论》有"天下安澜,比屋可封",唐代李善注曰"澜,水波也;安澜,以喻太平"。这孩子的名与字,不仅寓意美好、与出生地相呼应,而且还透出浓郁的文化气息和宏大的人生格局。多年后,这个孩子以字行世,广为流传,"于安澜"便成为20世纪以来中国文字音韵史、艺术史上一个不可忽略的文化符号。

于海晏是家中次子,上面有位长他三岁的哥哥,后来还有两个妹妹。父亲读过几年私塾,但没有考过秀才,擅长经营之道。于家的家教很严格,家中儿童不许随便到外面玩耍。在这样的环境中,孩童时期的于海晏极少像别人家的孩子一样在田野里奔跑嬉耍,不过,自家院子里宁静的生活中也有不少开心事,譬如在屏门下看堂姐绣花便是其中之一。于海晏的堂姐是位很有艺术天赋的姑娘,各色丝线在她手中随着针头穿梭,很快便连缀成生动的线条,继而再变成栩栩如生的蜜蜂、蝴蝶、花朵……煞是可爱。刺绣的过程深深吸引着小海晏,他安静地坐在一旁,看着一幅幅绣品在堂姐的手中逐渐完成,心中充满了喜悦。晚年时,他曾回忆说:"由此便在年幼的心灵中播下喜爱美术的种子。"①

有时候海晏随长辈到亲朋好友家做客,总会被人家贴在墙上的年画深深吸引,大人们聊天应酬时,他总是仰起脸来细细观赏。20世纪初期的农村,日常百货主要靠小货郎走街串巷进行交易,货郎担子上有些物品包装用的是上海、天津等地的外国工

---

① 于安澜口述、刘小敏整理:《姜颖生先生作品收藏记事》,《美术研究》1997年第2期。

第一章 勤奋求学，艺文兼擅（1902—1932）

厂生产的洋盒子，盒子上用洋颜色、西洋技法画着各种花鸟，很是生动逼真，小海晏每次见到便目不转睛，仔细观赏。后来，他喜欢上了收集画片，所谓的画片，其实就是印有图案的纸烟盒子。那些烟盒印制得并不精美，没什么色彩，只是相当于白描画，但他却十分珍爱。每得到一个烟盒子，就如获至宝，小心翼翼展平，压在自己枕头下，经常拿出来观赏上面的图画，爱不释手。后来，随着年龄增长，心智成熟，于海晏对纸烟画片已经不感兴趣了，但是对于美术的爱好却与日俱增。

于家既注重家风家教，也很重视文化教育，由于那时候家中生意不错，每年的收入还算丰盈，便为孩子们开设了私塾。光绪末年以来，随着近代文化的发展，新式学堂教育逐渐兴起，书店开始发售各种科目的新式教科书。于家在教育上很开明，聘请了简易师范毕业的宋修吾老师到家塾中为子弟们传授课业。简易师范，即速成师范，是清朝末年为快速培养小学师资而创立的临时机构，附设于初级师范学堂，有修身、教育、中国文学、历史、地理、算学、格致、图画、体操等学科。1910年，8岁的于海晏开始在家塾中接受新式启蒙教育，学的是国文、算术、史、地、格致等新式小学课程。

接受了三四年新式教育后，由于"中学为体，西学为用"的思想在社会上很盛行，于家又换了一位当地著名的秀才黄子开先生到家塾中教授传统知识。这黄秀才是位"案首"，也就是县府考试的第一名。黄秀才教孩子们习字，讲授"四书"、《左传》、《古文观止》之类的传统典籍，还要求弟子们学写文言文。于海晏纯朴笃实,博闻强记,在黄先生的悉心教导下,他熟诵经典,认真学习传统文化知识,还具备了写作古体诗文的能力。除此之外,典籍中那些先贤关于治学、做人的经典格言,也潜移默化地熏陶和滋养着他。

在私塾中学习,通常是早晨背诵已经讲过的书,约两个钟头。早饭后,依照惯例研墨(当时没墨汁),临一张大楷,有二三十字,送到老师桌上。等讲授诵读以后,老师将学生集合在桌前,逐一指出优缺,名为"排仿",即仿帖之意。下午有时要写小楷,老师仍作批改。至于习字的步骤,首先从描红入手,再临帖写大楷和小楷。大楷临过柳帖、颜帖,当时柳帖最为普遍,临摹也最久,小楷临的是董其昌。在私塾先生的指教下,年少的于海晏已经能做到字体匀称,略具字帖的形似。①

当海晏能够熟练地写作一篇三四百字的文言文时,他的兄长以同等学力身份考入了卫辉府的省立汲县中学。他仍留在家塾读书,一边随着另一位老秀才读古书,一边跟着堂兄所请的一位中学毕业的新式教师学习算术,不知不觉又度过了四年时光。自清末到民初,从懵懂儿童到翩翩少年,于海晏在家长的安排下接受了中西并重、新旧包容的优质教育,这也为他一生潜心学术打下了初步基础。

---

① 于安澜:《学书自述》,《大学书法》2021年第4期。

第一章 勤奋求学，艺文兼擅（1902—1932）

（二）

1920年，18岁的于海晏迎来了人生中两件大事：一是生活上，娶了同乡闺秀赵心清为妻。赵家家境颇为殷实，跟于家相距有30多里，也是乡绅之家，正可谓门当户对。岳父识诗书，喜字画，收藏了不少本县名家之作。赵家的家风很传统，心清姑娘与海晏同岁，自幼遵循旧俗裹脚长大，为人善良、贤惠，针线、厨艺都很出众。自从嫁进于家后，她便孝敬公婆，辛勤操持家务。后来，又随同丈夫历经了各种战争、动乱和艰难困苦。夫妇二人相濡以沫近60年，养育了四位子女，都成长为社会栋梁。

这一年，于海晏的另一件大事是在学业上。他像哥哥一样，以同等学力身份考入汲县中学，开启了外出求学的新征程。汲县中学始建于光绪二十八年（1902年），也就是海晏出生的那一年，时任知府于沧澜奉诏兴学，便把县城内的淇泉书院设为卫辉府官立中学。1913年，遵照河南省教育司指令，学校改为省立汲县中学。海晏入学次年，即1921年，学校又更名为河南省立第十二中学。幸运的是，于海晏就读时，一位北京大学毕业，曾赴日本留学，并担任过蔡元培私人秘书的年轻学者——范文澜，正在汲县中学担任国文教师。范先生在北大国学门求学时，曾就学于黄侃、刘师培等大师，学问功底十分深厚。于海晏早先在家塾中接受过黄秀才的传统教育，古文根基明显比一般同学要扎实许多，因此经常受到范先生的夸奖。他的作文时常被当作范文装在镜框里，悬挂在教室中，以示鼓励。

于安澜 1920年

在范文澜先生的教导下,勤奋好学的于海晏对于国文尤为用心。范先生在讲解文字、词汇时,常常给学生穿插一些文字构形、汉语音韵方面的知识。譬如有次在课堂上,范先生讲解"风暴"的"暴"字,指出该字是由"日出共米"合会为一个意思,即晒干之意。这样的知识是私塾中的秀才先生从来没有讲过的,好学多思的于海晏由此深受启发,他朦胧地意识到每个汉字都有其构造方法,要想通晓经籍必须明白字词,明白字词必须掌握文字、音韵、训诂之学。在此后的漫漫人生路上,于海晏一直对古文字、音韵怀有浓厚的兴趣,并且造诣深厚。这些成就,很大程度源自范文澜先生的启迪,直到晚年回忆起来,于安澜仍满怀感激。

年轻的于海晏不仅对国文很感兴趣,对于英语、数学等各门课程也都很用功,每学期考试总是名列前茅。除了文化课外,他的书法和绘画水平也非常出众。中学第一年开有写字课,每星期一个钟头,任课的是外班的国文教师乔懋卿先生。乔先生是卫辉府十多个县的著名书家,清末拔贡出身,做过京官,在书法上下过功夫,卫属的古迹碑记常常由李敏修进士撰文,由他来书丹,商务印书馆曾影印过他写的墓志。乔老师在开始上写字课时,很愿意讲授些书法知识以提高学生修养,可是当时的学生因考学不考写字并不重视,只愿写张字,便早早端着砚台下课了,因此乔老师仅仅讲了一两课便停止了,但是乔老师的讲授却对于海晏产生了指点门径的作用,使他知道了大家、名家、馆阁、台阁和历代的四大家等书法知识。

至于绘画,于海晏似乎有着一种天然的喜爱,除了自幼喜欢看堂姐绣花外,他还深受一位舅表兄的影响。这位表兄因家境破落,去学习当画匠,后来成了当地有名的绘画高手。表兄在各乡之间游走卖画,常到于家留宿,有时会画一些扇面供给店铺售卖。每当表兄作画时,海晏便在一旁认真地看他勾描设色,很快便掌握了一些绘画常识和基本技法。到了中学阶段,他良好的绘画基础很快显露出来,并引起了美术老师仝伯高先生的关注。

仝伯高先生是信阳人,擅长恽派花鸟,该画派是清代恽寿平(1633-1690)开创的,介于写意和工笔之间,以"没骨法"为特色,历来被视为"写生正派"。海晏跟随仝老师学到一些恽派技法,进一步提高了自己的绘画素养。每到夏季,仝先生总会接到一些校外人士求画扇子的活儿,忙不过来时,便让海晏代笔,惹得同学们很是羡慕。谁也没想到,国文、汉字与绘画,这三个在中学时期便崭露头角的兴趣爱好,最终成为他一生致力甚深、成就斐然之所在。民国时期旧中学的学制是四年八个学期,于海晏入学以来,各科成绩都很优秀,有七个学期都获得第一,因此被免除了学费和讲义费。

(三)

1924年,于海晏中学毕业。这一年,刚刚改立的中州大学(今河南大学前身)为了吸收优质生源,面向河南各省立中学推行保送制度:凡毕业生四年成绩平均在85分以上者,由原校保送,可以免试入学。汲县中学被分配了两个名额,于海晏理所当然是其中之一,同时保送的还有一位耿姓同学。中州大学是在河南留学欧美预备学校的基础上建立的。1912年春,时任河南教育司科长的林伯襄等人上书当局,希望引进西学。8月,河南留学欧美预备学校在古城开封东北部的贡院旧址上建立了,林伯襄任校长。这所学校与北京的清华学校(今清华大学)、上海的南洋公学(今上海交通大学)并列为当时国内的三大留学培训基地。1923年3月,在河南督军冯玉祥的热心推动下,河南留学欧美预备学校改建为中州大学,预校校长张鸿烈被省议会任命为中州大学校长。

1924年入校的于海晏是中州大学第二届学生,也是学校招收的第一届本科生。当时的中州大学规模并不大,只分文、理两科,一、二年级学生不过二百人,加上原来附中的留美预科学生,也只有三百多人,然而有不少名师曾经在此执教。就于海晏读书的时段而言,刚从美国哥伦比亚大学获得博士学位的冯友兰(1895-1990)担任文科主任,主讲哲学;自学成才的文献学家、古文字学家李笠(1894-1962)是中文系主任,兼教文学史;嵇文甫(1895-1963)自北大毕业后回河南任教,讲诸子学;郭绍虞(1893-1984)和董作宾(1895-1963)先后从福建协和大学调来,前者教文字学,后者兼任古文老师。

于海晏保送到中州大学时已经22岁,早年的家塾教育以及汲县中学教育,使得他拥有十分深厚的国文积累。在他看来,大学里的先生们学问很好,但是有些人并不太擅长讲课。教课的诸位中,嵇文甫和董作宾两位先生的课讲得清晰有条理,除此之外,冯友兰先生口吃,李笠先生口讷,郭绍虞先生苏州方言很重,讲得也快。[①] 对于精力充沛、酷爱学习的于海晏而言,课堂上所学似乎不能满足他强烈而旺盛的求知欲望,于是便常常到图书馆借阅书籍,广为博览。中州大学虽然成立不久,但很重视学术资源建设,冯友兰作为文科主任,受命购置图书,他通过自购加募捐,很快让学校图书室丰富起来,当时各类图书近两万册,其中中文书籍16500多册,外文书籍2800余册,订购的中文杂志有95种、外文杂志73种,初步奠定了中州大学的藏书基础。

于海晏进入大学后,很快便沉浸在图书的海洋中。五四运动之后,胡适作为开启学术新风尚、新领域的代表人物,曾为清华大学的学生们开列过一个国学书单,1923年发表在《努力周报》增刊——《读书杂志》第7期上,题目是《一个最低限度的国学书目》,包括工具书、思想史、文学史三大类,共184种。这个书目引起很多争议,于是《清华周刊》的记者便又邀请梁启超先生开列书目,梁于1923年4月26日撰写了《国学入门书要目及其读法》,列出五大类著作,包括修养应用及思想史关系、政治史及其他文献学、韵文、小学及文法以及随意涉览的书类,共计133种。胡、梁这两位大家开列的书目很快被刊印出来,流传到全国各地。此后,南京东南大学的陈钟凡教授也开有文学书目,其中包括他所著的《中国韵文通论》和《中国文学批评史》。

这些著名教授的书目,如同一座灯塔,指引着于海晏求知的

[①] 于安澜:《于安澜自述》,载高增德、丁东编《世纪学人自述》(第二卷),北京十月文艺出版社,2000,第162页。

第一章　勤奋求学，艺文兼擅（1902—1932）

道路。他读过张之洞的《书目答问》《𫐐轩语》一类的旧书目，也读了《四库全书总目提要》等指导门径的书目，同时还阅读了梁启超的《要籍解题及其读法》等著作。通过研读晚清以来的学术名著，他清楚地认识到清代乾嘉学派注重文字考据，与宋儒的微言大义是截然不同的。乾嘉学者整理典籍，发轫声韵、训诂之学的学术方法，以及客观归纳、实事求是的朴学作风，给他带来了深刻的影响，直至终生。许多初入大学校门的学子，面对浩瀚的知识海洋与茫茫书海，很可能会手足无措，必须依靠老师在课堂上的指引与点拨。大学时期的于海晏，很快找到了学习路径，显示出了优秀的学习能力和出众的学术禀赋。

多年后，于安澜曾跟次子于蕴山讲过自己人生选择的一个小插曲。他曾经在开封旁观过官府审案，民国时期的原告、被告已无须下跪，双方站立堂下，按要求各自陈述。问官高坐在堂上，衙役列站两边。问官相当精明老练，能一下子抓住问题要害，穷追下去，批驳不法之辞，辨别情节真伪，还善于装腔作势，威吓引诱。衙役们在一旁助威，制造声势，颇具戏剧性。于安澜认为自己没有那样的头脑和才能，不是做官的材料，由此认定做学问才是自己的发展方向。睿智素朴的于安澜从不认为自己是个聪慧机敏、才华出众的人，他觉得自己只具备一般人的资质，只有靠勤奋和努力才可能有所成绩。

进入大学以来，伴着巍峨的铁塔和延绵的城墙，在书海中徜徉的于海晏，对中国古典文学格外感兴趣，历代优秀的诗辞文赋常常令他品赏玩味，于是他积极主动地背诵了大量的名家名作。

就这样,不知不觉度过了三年半的时光。晚年时,于安澜回望自己的大学生涯,总结道:"我在大学的前三年半,只在奠定基础上用功,并没有选定要在某一方面做些什么。"①

于海晏在中州大学读书时,正值第一次国内革命战争时期。1926年初,直、奉两派军阀联合攻打国民军,河南、山东成了重要战场。在混乱的时局中,中州大学财政窘迫,11月份便早早放了寒假。次年,直军溃散,国民军占领了河南,在中州大学里办起了党义训练班、党政训练班等,教学无法正常进行,有半年时间基本处于停课状态。1927年7月,在河南省政府主席冯玉祥的支持下,河南公立法政专门学校与河南省立农业专门学校并入中州大学,改为国立开封中山大学。当时国内有多所中山大学,依次排列,广州的为第一中山大学,开封的称作第五中山大学,但是不久后,即1927年8月,又改名为河南中山大学。这期间,由于父亲年迈患病,于海晏便返回家乡,一边自修,一边照顾病重的父亲。然而病魔无情,父亲辞世而去,于海晏悲痛不已。

1928年元宵节过后,于海晏返汴续学。回到学校后才得知,由于时局动荡,学校财政奇缺,每月只能给教授们发放30元生活费,而1927年9月国民教育行政委员会公布的《大学教员薪俸表》规定:大学教授月薪为400－600元,副教授为260－

---

① 于安澜:《于安澜自述》,载高增德、丁东编《世纪学人自述》(第二卷),北京十月文艺出版社,2000,第163页。

第一章 勤奋求学,艺文兼擅(1902—1932)

400元,讲师为160—260元,助教为100—160元。① 窘迫的财政,加之政局混乱,北伐尚未完成,道路不能畅通,学校很难聘请到优质的教授,此时的中文系只有段凌辰(1900—1947)这一位知名教授。由于缺少师资、开不出课,校长凌冰(1891—1993)先生就教学生们背诵《文心雕龙》。课开不出来,但上操是必不可少的,每天由军队下级军官带领着学生跑步。26岁的于海晏经历了丧父之痛后,俨然成熟了许多。他此时已是两个孩子的父亲,长女采薇于1925出生,长子静山于1927年出生。在他看来,与其在学校背书、上军操,还不如回乡读书、照顾家人。于是,他买了几十元的书,又回到了鸭固集。

在家乡住了半年,于海晏不由得思考未来。他想:时局会一直这样紧张吗？他很清楚,要想在社会上立身处世,大学学历是一种重要的资格,自己应该取得个资格,这样一生才会有出路。于是秋季开学时,他又回到了学校。这时候中文系的师资也有些变化:嵇文甫先生去了苏联,除段凌辰先生外,系里增添了位王志刚老师教诗词,另外还有位刘盼遂(1896—1966)先生,曾以第一名的身份考入清华国学研究院第一届研究生,师从王国维、梁启超、陈寅恪等先哲,毕业后来此执教,讲授文字和考据。

于海晏这次返校的目标很明确,要修满学业,拿到大学毕业文凭。然而,合并组建后的河南中山大学师资很不稳定,教师们流动性极大,他返校一年后,刘盼遂去了北京清华大学,段凌辰

---
① 教育部编《教育法令汇编》第1辑,商务印书馆,1936,第146页。

去了广州中山大学,连校长也更换频繁,仅1928到1929这两年间,便有凌冰、查良钊、邓萃英、黄际遇四位校长,其中查良钊还先后两次出任。乱世中办学,真是举步维艰！直到1929年,学校请到了罗根泽(1900－1960)等几位教师,中文系才又注入了一些新活力。罗根泽比海晏年长两岁,交流起来,才知道他也是前系主任冯友兰教授的学生。冯先生教过海晏后,1925年从中州大学调到广州大学任教,次年又去了燕京大学,而罗根泽1927年考取清华研究院国学门,后又投考燕京大学国学研究所,成为冯先生的弟子。此时的罗根泽还没有毕业,因为有清华研究院的金字招牌,便来到河南中山大学当了教师。省立中山大学时期,由于种种原因,学校所聘请的一些教师的简历、著作并不算出名,有了研究生学历以及得力人士推荐,便可以获得任教资格。看到这种现象,有同学怂恿说:"你的学问不错,何不也出去镀镀金,到别的学校唬一下！"酷爱读书的于海晏也动了深造的念头。

续学后,尽管学校师资得到了补充,但是教育资源仍相对匮乏,课时短缺,课后也几乎没有什么作业。对于目标清晰、勤奋好学的于海晏来说,这种松散的学习环境也有很大好处,他可以有很多时间来看书、充实自己。于安澜的稿本《夷庐吟草》中,保存着一篇1929年5月的期考试题,题目是《书王仲宣登楼赋后》,文曰:

> 尝闻岘山流涕,叔子多古今之感;新亭对泣,(周侯)有山河之悲。江陵道上,攀柳条而惆怅;汨罗江滨,望清涟而

第一章 勤奋求学，艺文兼擅（1902—1932）

太息。大抵登临骋怀，抚景言志，自古为然，文人不废。至若麦秀黍离，叹社稷之云亡；辽鹤铜驼，怅城郭之已非。夕阳故宫，徘徊不去；秋风芜城，留连忘返。揽物兴感，悲不自胜；忧从中来，胡可断绝。可知景物之感人深矣。仲宣、陈思，齐名久矣，蜚声邺下，伟长并论，信乎！独步汉南，当其离乡背井，远客荆襄，望枌榆而不见，俟河清其何极。关山迢递，历尝羁旅之俜伶；萍水飘泊，莫吐胸怀之私衷。对明镜而唏嘘，英雄鬓老；弹长铗而浩歌，志士途穷。偶登高楼，藉游远目，则见禾黍高低，河山带砺。惊风白日，驹影兮易逝；闲云远岫，倦鸟兮莫还。众芳芜秽，美人迟暮。高山流水，寻知音之难逢；沅芷沣兰，思公子於无期。顾不独寄怀田园，愁思桑梓已也。

这份试题具有很重要的史料价值，不仅使我们得以窥见20世纪20年代河南大学中文教育的风貌，也可以看到于海晏在大学时的学习状态。除了正常的功课、考试外，于海晏出于兴趣，用了两年时间认真圈点了《说文解字》《尔雅》这两部古汉语的基本辞书，同时还翻阅了乾嘉学派先贤的名著。在圈点《说文解字》时，他不仅仅是点校，还加入了自己的独到见解。在结合段注精读《说文解字》时，他要求自己字字能讲、能用、能写，扎扎实实地通过文字这一关，因而在字形上下了很大功夫：先把《说文解字》540个部首反复熟记于心，在此基础上从各部逐一分析文字结构、演化特征，然后根据篆文笔法认真摹写小篆字头，直到得心应手为止。在如此严格的自我要求下，于海晏在大学阶段,便很讲究字体及执笔功夫,行书、楷书都写得很有韵致。①

自从认真研学《说文》之后,于海晏练就了一手精妙典雅的小篆。早在私塾和中学阶段,于海晏在黄秀才和乔懋卿老师的指导下,打下了良好的书法基础。进入大学以后,他在图书馆中总爱翻阅影印的书画册,从而认识到各位大家的面貌精神。当时上海有正书局印刷的名家墨迹,他也购买一些。平时在街上看到商号的牌匾,尤其是书店、纸庄、药铺的招牌,遇到名手所书写的,便反复观摩,以提高自己的眼光。笔墨书写之余,于海晏还尝试以篆法操刀入印。读书、写字、治印,环环相扣,互为表里,甚至到了废寝忘食的地步。这种勤奋状态,在很多人眼中是枯燥、辛苦的,于海晏则视之为劳逸搭配,兼而得之。在动荡的时局中求学,不管周围环境如何困顿,他总是能沉浸在自己的学习天地中,既不激进,也不浮躁。这种精神境界,不仅体现出他对学术、对文化的热爱和追求,还初步培养了他独特的学术品格,这种精神品格,一直伴随他终生。

(四)

大学期间,除了潜心读书、写字外,于海晏还参与了一些社团活动,展现出多方面的才干。1926年,他在班上发起成立了学术研究会,带领同学们在学问上互相交流、彼此促进。除了学

---

① 王蕴智:《于安澜先生传略》,载《字学论集》,河南美术出版社,2004,第436页。

第一章 勤奋求学,艺文兼擅(1902—1932)

业外,他自幼培养起来的绘画兴趣也始终没有间断,即便寒暑假回乡省亲,也从不停止。每逢年节,于海晏遵循礼仪要到岳父家拜贺。岳父喜好收藏字画,其中有一幅山水四屏轴,落款为姜筠,字颖生,号大雄山民。这幅画设色雅致,笔墨精工,不同凡响,引起了于海晏的极大兴趣。原来岳父有位远亲是武探花,曾任山东提督,后来告老还乡,此画便是从这位武探花处得来的。于海晏非常喜欢这幅画,想借回去临摹,岳父见他如此酷爱此画,便送给他作为范本。得到这幅画后,于海晏不断对之临摹、研究,逐渐对绘画理论和绘画技法产生了浓厚兴趣,还借助学校的图书馆涉猎了不少此类古籍。课余时间,他置身于写字、治印、绘画中,自得其乐,还曾写诗道:

摹　印

嬴秦炎汉去如川,遗铢摩挲认昔贤。十载空怀投笔意,聊刊拳石代燕然。

作　画

茫茫禹甸遍风湍,偶弄丹青写素纨。山外且添桃数本,叫人权作武陵看。①

这两首诗笔力老到,境界大气,无论是秦汉、禹甸带来的时空感,还是燕然石勒、武陵桃源蕴含的典故,足可见于海晏丰富的知识、开阔的视野,以及对艺术的由衷热爱。

1929年,著名画家陶冷月(1895—1985)先生去华山写生,

---

① 《于安澜先生诗词》,《大观(收藏)》,2017年第5期。

路过开封,顺道看望暨南大学的旧同事林一民教授。陶冷月本名陶镛,出身世家,专心于绘画,尤其擅长以中西合璧的手法描绘月景,一位外籍教授称他为"Professor Cold Moon"(冷月教授),他因此自号为"冷月"。蔡元培曾亲自为其定润格,还为《冷月画集》题签并写下长篇赠言。林一民教授把来访的陶先生介绍给了黄际遇校长,黄校长善草书、爱艺术,很喜爱陶冷月的画,真诚聘请他担任河南中山大学的美术讲座教授。20世纪早期的大学,没有编制、档案、房子等限制,教师在全国范围内流动性很大,常有些意想不到的教授前来任教,学生因此受益匪浅。陶冷月先生应邀留在开封主持讲座,传授画法,还号召几十位学生组织了画学研究会。于海晏作为高年级的学长,加上有着深厚的绘画功底,便被同学们推选为常委,组织举办过一些展览和美术活动。在陶先生的亲自指导下,于海晏的绘画技能日渐精进。

1929年10月,陶冷月离汴南返,同学们舍不得先生离开,甚至想把他的画箱留下来。于海晏依依不舍地写下一首长诗并序:

送陶冷月先生南归(并序)

吴门陶冷月先生精通绘事,创新中国画派,驰誉海外。己巳秋,过豫,将游嵩、华,适道阻,乃税驾梁苑,主本校讲座。侧闻绪论,启牖良多。旋南归,取其卷轴,行见曹衣吴带,院开宣和,爰赋诗送之。

笠泽沱瀾邓尉岿,山川钟毓多奇士。春湖往返米家船,

第一章 勤奋求学,艺文兼擅(1902—1932)

村树参差鲁望里。先生旧住阊间城,累叶经纶久擅名。味间辞赋凌云汉,诒苏书画殿吴绫。幼禀奇姿兼妙悟,髫年能赋莲花句,经余染翰肆挥涂。丘壑胸中惊凤赋,家学渊源衣钵传。宋元缣素日精研,下帷三载悉突奥。瞑坐一悟穷苍天,新中国画标殊号,别辟町畦独深造。南北二宗观会通,东西真谛同参考。宣毫剡楮画从容,无尽江山尺幅中。恍如沙鸟飞飒飒,乍见流泉鸣淙淙。岩峣山冈崎岖路,飞瀑悬空辟烟树。苍松偃仰斗虬龙,攀岩瞰壑惊盼顾。松间明月自殊态,素影寒晖坠轻霭。云绕烟笼各尽情,挂角羚羊见三昧。昔闻创字有神仓,鬼魅夜泣龙潜藏。先生笔力穷造化,条品万类生光芒。漂泊江湖春复秋,再更溪奴数从游。鸡林番舶购白传,官寺维摩观虎头。重阳木落风烟净,乍起彭泽游山奥。匹马奚童行箧轻。翩然来看嵩华胜,崔符载途客心惊。笠展暂憩古汴京,畴厂大师先投辖,梁苑名流求识荆。鲫生六法愧未工,也随群彦坐春风。钩玄稽要扶幽隐,灵山花坠四壁红。千轴琳琅寄歇浦,往取还须故园主。太息千年相慕怀,无端邂逅乖风雨。海波莫挽连成船,相送夷门一黯然。尊前不唱阳关曲,击筑长歌饯别宴。①

这首七言长诗颇有古韵,高度赞美了陶冷月先生在江苏的名望,追溯了他良好的家世。在绘画方面的杰出成就,还提到了他留汴的原因,以及依依不舍的送别之情。陶先生跟这些热爱

---

① 于安澜:《夷庐吟草》,稿本。

他的学生定下重来之约,然而因战事阻隔,最终未能实现。于海晏怀念不已,后来又写下一首五言诗:

咏怀陶冷月先生

邓尉陶先生,昔年过大梁。笔端参造化,尺素自渺茫。明月有清晖,白云欲翱翔。宏誉传海宇,从游见物望。岁暮夷门别,秋林再凋霜。歌浦何渺渺,怅望一神伤。世路忧干戈,聚散岂有常。聊寄南飞雁,千里寄诗章。①

除了绘画之外,于海晏对戏剧也很有兴趣,平时爱看《戏曲月刊》一类的杂志,也很喜欢听戏。学校成立有京剧社,许多河南同学出于对豫剧的喜爱,打算成立豫剧社,特地邀请于海晏起社名,并撰写启事。唐朝中叶,诗豪刘禹锡任夔州(今重庆奉节等地)刺史,模仿巴渝民歌创作了一组《竹枝词》,并在序言中称"四方之歌,异音而同乐……后之聆巴歈,知变风之自焉"②。于海晏大概从刘禹锡的序言中得到灵感,认为各地戏剧异音同乐,都是反映世风变化的一个窗口,于是便给豫剧团取名为"巴歈剧社"。起好名字之后,他还写了一份邀约同好的《发起巴歈社小引》,张贴在饭厅门口。这是一篇骈文通告,传统的四六句式,吸引了师生们的注目:

> 今夫赋祀神于《九歌》,《楚辞》以成。舞干羽于两阶,有苗斯格。听鸟鸟于优施,瞻衣冠于孙叔。厥后汉武好乐,

---

① 《于安澜先生诗词》,《大观(收藏)》,2017年第5期。
② 刘禹锡:《竹枝词序》,载《刘禹锡集》,卞孝萱校订,中华书局,1990,第359页。

第一章 勤奋求学，艺文兼擅（1902—1932）

延年协律；吴人度曲，周郎正误。唐著梨园之名，宋传教坊之记。戏剧渊源，穷乎尚矣。祇以名目浩繁，瑕瑜互见。作家杂糅，俗俚孔多。致使晋叔曲选，清库未收；白裘之著，明志弗载。国粹沦亡，可胜慨哉。年来欧化东渐，文艺拓疆。钞巴黎之剧目，珠还合浦。译莎氏之乐府，诗重鸡林。词余列之学科，演剧传诸庠序。顾新剧失之平淡，乏哀丝豪炫之趣；皮黄过于艰深，叹阳春白雪之高。惟有地方俗剧，生自田间，长于下里，平易近人，世多知音。带方舆之色彩，有艺术之价值，令人久居兹土，夙具嗜痂。拟组织团体，共同研讨，小道可观，岂必供之辖轩？余暑利用，或亦贤于博奕。删厥芜杂，止于雅正，假管弦以寄响，托钗裙而写意。秋凉汉宫，再吊美人之魂；月明浔阳，重申谪官之恨。吴梅村之制曲，良有以也。柳敬亭之说书，岂徒然哉？嘤鸣不已，檄我同好，空谷寂寥，其未足音。是为启。①

这篇小引从《九歌》《楚辞》开始，历数各代乐舞、演剧，一直言及当下国粹沦亡，西方艺术渐兴，并分析其原因，指出地方戏剧具有鲜活的生命力，倡导同好们积极参与。这篇启文仅400字，写得文采飞扬，从中可见于海晏宏阔的戏剧史观。启事在学校产生了巨大影响，于是他又被推举为豫剧社的常务委员。后来由于剧社所排的戏剧角色较多，在《穆桂英挂帅》一剧中，他还亲自登场扮演了一个配角——穆瓜。

---

① 于安澜：《夷庐吟草》，稿本。

于海晏在艺术上的特长与成绩受到了校方关注。升入毕业班时,当地国民党政府要成立河南励志社,学校打算赠送一块镜匾作为礼品,指名让他作设计。于海晏考虑后,在一张冷金笺上摹绘瓦当汉文篆书作为镜心,很是精雅别致。这块镜匾在教师休息室摆放了好几天,赢得了老师们的一致好评。

由于自幼在家塾中受过严格规范的传统教育,于海晏的诗词文赋功底很扎实,大学期间创作了不少成熟优秀的作品。他有位同学许敬参也是诗歌爱好者。许敬参(1902－1984),字道元,是开封本地人。其父许钧(1878－1959)乃夷门高士,字子猷,号凝一居士,十七岁参加清末最后一次科举,中了开封府第一名。许钧先生诗、书、画兼擅,书法造诣与江苏武进的唐驼、陕西三原的于右任、天津的华士奎等齐名,被誉为"河南一支笔",此外他还是衡门新社的主力,衡门新社是开封一家历史悠久的民间诗歌社团。作为一座著名的古都,文化氛围一向很浓郁。早在光绪二十九年(1903年),汴中诗友便结有"秋心社",后来改为"梁社",由于改课"诗钟"(一种出题限韵的律句新体诗),又易名为"衡门诗钟社",但因时局仓皇,停顿了下来。1928年冬,萧吉甫、蒋恢吾等一批文坛前辈力图恢复诗社,仍沿用"衡门"二字。1929年春,衡门新社恢复了"按月开课,轮次分题,远近吟朋相将入社"①的盛况,许钧是其中的主要成员。热爱诗词

---

① 萧惠清:《衡门社诗选序》,载《衡门社诗选》,开封聚丰印刷局,1936,第1页。

的许敬参和于海晏也加入了衡门社,每月跟随老先生们作诗、贴册子传观。1936年,于海晏研究生毕业后回乡探亲,与许敬参再度相聚,彼此仍有诗歌唱和,情真意切,再续诗友情缘。

衡门新社自1929年2月到1934年11月,一直持续开展活动,每次开课时由一人主社,命下题目,大家分别而作,六年下来,积累的诗稿有一尺多厚。后来,由社友们公推十五人进行初选,最终由张景延(曼石)先生定稿,萧吉甫先生补选了1935年乙亥春夏之作,结集为《衡门社诗选》,1936年春由开封聚丰印刷局出版,有正集4卷,副集2卷,共收录108位作者的1192首诗。这本诗集可以说是衡门诗社的代表作,其中第九课(庚午年三月)、第十课(庚午年六月)、第十三课(庚午年九月)、第十七课(辛未年六月)皆收录有于海晏的诗作,具体作品如下:

第九课　山居晓起

乍起柴扉望,晴云敛碧空。钟声来远寺,雀语起芳丛。露浥千峰翠,曦升半树红。夜来溪水涨,策杖过桥东。

第十课　荷亭纳凉　七绝

芙蕖花放漾波纹,嘉木蝉鸣隔叶闻。独坐如何消昼永,闲敲棋子挹清芬。

覆檐茂树映新蕖,竹枕石床意自舒。午梦醒来清寂甚,曲栏干外坐观鱼。

清森花竹绕烟萝,风过莲塘绉绿波。花外似闻人语细,传来村女采菱歌。

新叶如云入望遥,静中无事坐吹箫。奚童最喜迎新客,引个山僧过野桥。

四围竹树地清幽,镇日山塘对水鸥。一幅西湖六月景,藕花掩映木兰舟。

第十三课　重阳雨霁繁台看菊

斜风细雨连朝暮,落叶乱飘梁园路。萧斋清寂百感生,乡怀国思增烦怒。重阳雨霁露朝曦,微风吹散一天云。千家城郭喧燕雀,十里闾阎净尘氛。三五朋侪叩门早,争道繁台菊花好。奇姿别开异国香,雪佩霜裳斗清矫。芒鞋缓步出夷门,爽气晴光娱客魂。水沱小桥成新涨,烟开秋树见远村。田塍刻镂麦针细,道过时黄钜公第。红叶烧霞点故园,写尽秋林无限意。清溪一曲惠济桥,峥嵘佛塔耸林梢。黄叶鸟啼禅院寂,石扉云护市声遥。修篁夹道千行翠,几茎金钱生阶砌。应是欣迎空谷音,故教轻拂游客袂。竹篱疏落石径斜,到此浑疑处士家。虎须鹤翎各异态,玉葩金朵灿云霞。吾谓此花别有真,宜遗其貌赏其神。傲骨宜拟岩栖士,瘦影应似卷帘人。木落江干雁阵惊,冷烟疏雨满秋城。惟有古梅情同淡,何曾芙蕖品共清。炎风薰尽无人处,熙熙皆向要津去。求诸群芳固无多,寻遍士林岂易遇。小园凄凉昼欲昏,品节风格莫细论。晚窗归来篝灯坐,且吟新作酬清尊。

第十七课　消夏杂咏

雨霁蒹葭翠欲流,东西湖上似清秋。小舟幽静如人意,共看闲云话旧游。

第一章 勤奋求学，艺文兼擅（1902—1932）

这些诗歌的创作时间集中在1930年3月至1931年6月，体裁有五律，有七绝，有古体，皆命题之作。前三次作于毕业之前，其中第十三课为凝一居士许钧先生值社，因此于海晏的创作热情尤为高涨，共写下十二首七绝。除了《衡门社诗选》中选录的作品外，于海晏还有一些诗社月课之作，如1930年2月所作的七律《春宵步月》，秋天所作的五言长诗《七夕吟》等。毕业离汴之后，无论在信阳还是在焦作，于海晏依然积极参与诗社活动，比如1931年夏天所作的《消夏》二首，写的是《饮水》《品茶》，九月在焦作所作的《暴雨怨》等。这段衡门诗社的经历，增强了他对古典诗歌的浓厚兴趣，也加深了他的诗歌造诣。

1930年秋，年轻的学者缪钺（1904—1995）到河南大学任教。缪钺祖籍江苏，生于河北，曾就读于北京大学，因父亲去世辍学教书，他擅长文史，精通诗词，在开封执教期间，曾到著名的"吹台"游玩，赋诗一首。于海晏依韵和下：

登吹台·步缪彦威先生原韵

梁园歌咏地，今日见崇台。稽古寻芳躅，伤时愧菲才。平潭秋水尽，危槛晚风来。极目川原阔，疮痍不胜哀。

吹台是开封著名的古迹，相传春秋时期，晋国盲人乐师师旷常在此吹奏古乐，故名"吹台"。唐代大诗人李白、杜甫、高适曾共同到此游历。明初为纪念大禹治水，在台上建了禹王庙。于海晏的和诗从吹台的历史起笔，写到眼前所见之景，以及对此地荒凉衰败的哀叹。

时局动荡、战乱纷争的大学时代，除了勤奋读书外，于海晏还充分展示出自己广泛的兴趣爱好和出色的才情能力。学术研究会、画学研究会、豫剧社、衡门诗社,无论是校园社团还是社会组织,无论是身为主办人还是作为参与者,他都热情投入。这些社团活动,不仅为他的大学生活增添了许多丰富体验,也为后来的学术研究奠定了良好的基础。

1930年8月,河南中山大学更名为省立河南大学,改文、理、法、农、医五科为五院,张仲鲁出任校长。学校一直实行的是学分制,这年冬季,于海晏修满学分,从河南大学文史学院毕业了。自1924年保送入学,经历了战乱与停学的艰难困窘,于海晏与母校一同经历了中州大学、国立中山大学、省立中山大学、省立河南大学这四个发展阶段,完成了本科学业。

于安澜1930年冬摄于开封

（五）

1931年伊始，于海晏受聘于省立第三师范学校。这所学校位于信阳，在赴任途中，听着汽笛声，看着车窗外的旷野，于海晏百感交集，口占一诗："汽笛声断续，何处计行程。烟重寒林远，雪消旷野平。临颍怀古渡，过许叹荒城。多少兴废感，凭窗意纵横。"这首诗作于农历腊月二十七日，两天之后便是除夕。家家户户燃灯、放爆竹、守岁的时节，孤身一人初到信阳的于海晏有些感伤，他用诗来记录自己的心情：

信阳除夕感怀

万户鼓箫喧迓神，古城犹得见残春。桃符争似故园艳，爆竹依然去岁新。一曲骊歌失旧雨，廿年驹影忆前尘。空怀万里风云志，错把青袍误此身。

信阳除夕即事

门外雪光映烛光，千家迎岁彻宵忙。客中难遣离群意，一幅生绡摹鹿床。

千家万户辞旧迎新的时候，于海晏不由得想到了故乡，他在诗中感叹旧友离散，自己满腔抱负似乎无处施展。离别家乡与大学校园，独自南下求职，于海晏心中有着一种莫名的惆怅。为了排遣这种情绪，他拿出笔墨，准备描摹鹿床居士戴熙（1801－1860）的画作。新年第一天，于海晏又想念起开封城中的诗友们，提笔写下：

信阳元旦书怀寄呈夷门诸公

河梁一曲叹秋蓬,弹指辛盘报岁终。市沽新醪翠黛绿,家烧花烛落霞红。梁园歌咏怀枚马,元礼从游愧孔融。极目高楼云水阔,聊吟新什寄征鸿。

初到信阳,于海晏以诗、画来抚慰自己的孤寂。省立第三师范学校的前身是创建于1903年的豫南道立师范学堂,1916年改为省立三师,以教学质量高、教师待遇好而在河南境内声名远播。28岁的于海晏被这所著名的学校聘请为国文教师,每月工资有120元。自1910年起,从家塾到汲县中学,再到河南大学,经过了20年刻苦学习,于海晏从学生变成了一位教师。身份的转换使得生活节奏也发生很大变化,他担任两个高师班、一个初师班的授课任务,每周要上十七八个钟头的课,还有六七十本作业、文章要批改。日复一日地备课、上课、改作业,忙得不亦乐乎,甚至没有太多时间看书。加之师范学校图书馆的藏书根本无法与河南大学相比,因此于海晏很是留恋大学的生活。

忙碌的工作、生活并没有冲淡他心中的诗情画意,信阳地处河南最南部,属于江淮之地,山明水秀,风光宜人,颇有些江南意韵,这对于生长在豫北的于海晏来说很有种新鲜感,加之衡门诗社的热情仍在,因此他时常随手写下一些清新隽永、颇具田园风格的小诗。比如组诗《信阳纪游十首》,分别描写浉河、贤山、龟山、奎楼、申塔、板桥、水塘、竹林、南涧、北门等十处景致,生动可感地描绘出30年代初期信阳的景物风情。这一阶段可以说是于海晏山水田园诗歌创作的高峰期,譬如:

第一章 勤奋求学,艺文兼擅(1902—1932)

山 居

乍启柴扉望,晴云敛碧空。钟声来远寺,鸟语起林丛。露浥千峰翠,曦升半数红。夜来溪水涨,策杖过桥东。

郊 游

茅舍疏离竹树中,远日半坠夕阳红。牧童归去荒桥路,烟笠斜披唱晚风。

尽管信阳风光如画,但是独自远离家乡亲人,面对着内忧外患,联想到军阀混战,遍地狼烟,于海晏心中不免有一些沉郁之感。暮色中,他登上信阳城楼,忍不住发出忧国忧民之叹,写下:

信阳城楼晚眺

画角荒城动客哀,百无聊赖强登台。世成蛮触多戎马,运入红羊遍劫灾。悲乱空吟庾信赋,伤时每悔杜陵才。湖山春色明如画,忍见旌旄遍野开。

荒凉的城中,声声号角触动了旅客的哀愁,于是,在百无聊赖中勉强登上城楼。世事多艰,兵荒马乱,放眼望去,遍地都是劫难与灾祸,实在令人沉痛。1931年辛未,正值羊年,所以诗中提到"运入红羊"。"戎马""劫灾",足见国势动荡悲惨。这首登临之作,情景交融,境界阔大,用典贴切,对仗工整,颇具黍离之悲,足可见他内心的博大与柔软。

在信阳经过了整整一学期的忙碌工作,暑假到了,校长进行了调换。当时的学校管理多是校长负责制,学校教师多由校长直接聘用。校长调离后,他所聘用的教师也大换班。这一年,于海晏的次子蕴山出生,加之自己身体不适,便离开了信阳,修养一阵后,与一些同事跟随原来的校长来到了沁阳十三中学。沁阳离滑县老家不远,往来方便了许多。于海晏在这里担任文史教师,教授两个班的课,兼任校刊编辑,工作不再像以前那么劳累忙碌。

沁阳在豫北,古称怀庆府、河内县,隶属焦作。曹魏正始年间(240-249),阮籍、嵇康、山涛、向秀、刘伶、王戎、阮咸七人,常在周边畅饮聚会,被称"竹林七贤"。其中阮籍诗歌成就最为突出,有八十二首《咏怀》诗传世。这组《咏怀》诗文稳指远、立言有体,是中国五言诗的杰出之作,海晏对此十分喜欢。1931年九月,他依阮籍《咏怀》诗原韵,创作了《阮嗣宗咏怀原韵十七首》,前三首分别是:

悲来不自胜,遣怀藉素琴。未能竟一曲,涕泪沾衣衿。中原多丧乱,戎马遍郊林。言归终无计,何以慰此心。(其一)

忆昔同门友,梁园相翱翔。文思泻河汉,名篇自清芬。同志任艰巨,相失永弗忘。浩气薄青云,兰言沁肺肠。江楫怀士雅,沙椎慕子房。岁暮夷门别,千里滞申阳。光阴似流水,抚景乍神伤。(其二)

秋风送晚凉,摇落北山李。一自离故乡,飘蓬从兹始。饥驱走朔南,庭园荒枸杞。独羡马伏波,铜柱耸交趾。更有班定远,绝域探虎子。岂可老牖下,拘墟无时已。(其三)

悲郁、低沉的情绪,古雅、深挚的语言,颇得阮籍神韵。

1932年伊始,日军大举进攻上海,"一·二八"淞沪抗战爆

第一章　勤奋求学，艺文兼擅（1902—1932）

发。国民政府迁都洛阳。面对着国家动荡，这年春天，于海晏又创作了《步咏怀诗》八首，家国之感分外鲜明，如：

□□□东鄙，胡尘白昼冥。将军弃戈走，主意绝远征。丑虏恣淫掠，三关有哭声。何时嫖姚帅，塞上鼙鼓鸣。重勒燕然铭，绝域犁胡庭。（廿一）

朱华落瑶圃，嘉木凋上林。物自有荣枯，世事叹升沉。念我同学友，淇水有知音。良晨不再至，佳会不可寻。徘徊复徘徊，抚景伤我心。（廿二）

圣道分体用，天道判阴阳。为政亦多端，首在振纪纲。太息彼边使，歌舞宴椒房。行乐及良晨，不知有冰霜。一朝烽火起，胡尘掩日光。大鹏摧六翮，安得重翱翔。（廿三）

国步何坎壈，边陲频告惊。远东遍戎马，足折叹鼎倾。南朔持鹬蚌，灾殃起户庭。庠序辍弦歌，哀号见众情。愿作南山鸟，引吭作长鸣。还我旧疆域，欢呼庆永生。（廿四）

天理何幽渺，读史每心伤。国盗策驷马，钩盗死道旁。繁花不崇朝，弹指感沧桑。桃李艳三月，松柏凌冰霜。世事原无定，奚用较短长。（廿五）[①]

于海晏这25首依韵阮籍《咏怀》诗的作品，无论抒情、赠别、记友、慨叹国事，皆感情深沉，真切可感。上海战事引起了全国人民的高度关注，除了在《步咏怀诗》中表达外，于海晏还创作了一组《沪战杂感》，这是唱和著名诗词家刘永济先生之作，其

---

① 于安澜：《夷庐吟草》，稿本。

中每首诗皆针对一件时事,还亲自作注,如:

> 血搏松江鬼神哀,海国交称虎将才。内府分明无战意,睢阳城破救兵来。(咏援军缓至事。)

> 三边一自付沉沦,千里侯王竟帝秦。千金不移甘共尽,愧死握符拥旌人。(咏胡阿毛事。)

据1932年3月1日《申报》刊文:汽车夫胡阿毛,被日军强令驾驶一辆满载军火与兵士的卡车,开往公大纱厂。胡三毛佯装允许,等到车抵达目的地,突然开足马力,向黄浦江冲去,一瞬间浪花四溅,人车并杳。胡阿毛的抗日事迹随即传遍沪上,上海各界召开追悼会,悼念忠魂。远在沁阳的于海晏得知后也感慨不已,特地赋诗纪念。在于海晏的诗笔下,除了感慨战事外,对当下各种文化现象也有着清醒的认识:

> 巴歈体熛雅声终,无复洋洋大国风。国破犹闻歌子夜,何人为唱满江红。(感年来语体盛行,际此国难,鲜见慷慨之辞。)

> 糟粕拾人强自鸣,千秋懿德弁毛轻。达人早识伊川祸,曾道铜驼棘荆横。(感近人沉醉欧化,蔑视国家故有文化。)

在沁阳这段时间,于海晏延续着衡门诗社的传统,不辍诗笔。由于日寇加紧入侵,从上海到东北硝烟渐浓,在这种局面下,于海晏秉承中国传统诗歌中的"诗史"精神及批判精神,无论步韵阮籍《咏怀》诗中所写的上海战事杂感,还是对个人生活的记录、对国事的关注,都写得笔调深沉,充满了现实感。

第一章　勤奋求学，艺文兼擅（1902—1932）

于海晏还曾有一首歌行体长诗《将军歌》，序曰"二十年十二月作于省垣"，由此可见是1932年初所作。诗中所歌咏的将军是东北抗日将领马占山（1885—1950）。"九一八"事变后，张学良代表的东北地方当局和蒋介石为首的国民政府采取了消极不抵抗政策，马占山在齐齐哈尔就任黑龙江省代理主席兼东北边防军黑龙江省副司令，坚决抵抗日本侵略。1931年11月4日，1300余名日军直趋江桥（嫩江铁桥），向中国军队的阵地发起进攻。马占山当即下令抵抗，血战三天二夜，击退敌人多次进犯。这次驰名中外的江桥抗战，是张学良和国民政府"不抵抗"政策下中国军队对日本侵略者的第一次大规模抵抗，国内各报纸都以大字标题给予报道。远在中原的于海晏听到消息后，奋笔写下这首长诗：

将军歌

辽阳节使美仪表，粉黛列屋斗娟好。艳舞浓歌尽日欢，雕弓挂壁三军老。金风几阵响萧晨，□□封豨夜渡津。万里山河飞劫火，千家闾阎委胡尘。虏骑乱穿自横恣，刽剔路人作儿戏。惨见娥眉坠马前，忍听鹤发陈东市。斜阳黯淡风凄其，旷野无人鬼夜悲。执幡竟有长乐老，挥戈已无南八儿。塞外羽书传内府，诸公色变气惨沮。连吴重整旧敦盘，乞秦还望胜樽俎。集议都门歧见多，浮槎星使擅言和。中原沉寂虏倍炽，奋起榆关马伏波。柳营已布歼胡志，肝胆淋披下声泪。塞上黎民馈酒浆，关东儿女赠锦帜。鱼离乍开振英风，九月秋高腾白虹。五百同甘死海上，八千谁愿返江东。朔气凛凛角声咽,林甸嫩江淋碧血。苦战孤军泣鬼神,雕翎射尽宝刀折。青山寂寂野苍苍,百万健儿半国殇。月冷古原走磷火,风凄塞草落冰霜。百败将军不回首,桓桓武烈古稀有。誓擒羌帅取头颅,作杯共饮长安酒。意不挫兮志不挠,精诚忠烈薄云霄。岂只睢阳夸远代,边疆重见霍嫖姚。如此英豪在吾族,焜耀千秋功阀策。兴岭还留单骑铭,梨园应谱龙江曲。退荒何日洗戈兵,户祝家尸见众情。村老愿输卜式赋,诸生争请终童缨。大纛高牙尽傀儡,惟知俯首攫朱紫。衮衮诸公刮目看,持比将军应愧死。①

这首长诗,从风流奢靡、不抵抗的"辽阳节使"起笔,谈到日军入侵下百姓的困苦,写到嫩江边抗日将士们孤军浴血奋战,以及老百姓们对抗日英豪的爱戴。鲜明的对比中,突显了抗日将军的威武可敬。结合当时的历史,很显然,"辽阳节使"指的是张学良,嫩江兴岭浴血奋战的是马占山将军。多年后,这首诗以《马占山将军歌》之题被华钟彦主编的《五四以来诗词选》(河南大学出版社,1987年)、王庆丰编注的《关东爱国诗词选》(辽宁人民出版社,1999年)、李怡、李俊杰主编的《1931-1945年东北抗日文学大系》第6卷诗歌卷(黑龙江大学出版社,2017年)收录,成为抗日爱国诗歌的代表作之一。不过在这些诗选中,诗歌的首尾变动很大,影射张学良的内容被替换了。

1932年农历一月十七日,于海晏还写下一首长达300余字

---

① 于安澜:《夷庐吟草》,稿本。

的七言古诗《燕京女儿行》,以传统歌行体来描述燕京女子参加抗日的情形。自大学时期加入衡门诗社起,于海晏的诗歌创作达到一个高峰,内容丰富,体裁兼备。仔细看来,他在1931年下半年以后所作的诗歌,与信阳时期所作的山水诗格调迥异,可以说是各有千秋,由此可以看出他成熟、多样的诗歌面貌。除了工作、写诗,于海晏下定决心报考研究院,以便进一步提升自己,于是他充分利用一切业余时间潜心准备。

第二章 寓居北平,扬名学林
(1932－1939)

1932年暑假,于海晏没有回家,7月上旬,他从汲县前去北平参加研究生考试。路过邯郸时,随口作出四首七绝,取名为《由卫辉来平 车过邯郸口占》,其中第一首为:"卅年冠盖耸嵯峨,弹指豪华感逝波。莫道蜃楼空幻影,人生好梦正无多。"① 而立之年,赴京赶考,于海晏感叹美好年华如水一般逝去,希望一切不是虚幻,而是好梦成真。果然,他如愿以偿考取了燕京大学研究院。

(一)

燕京大学是美国教会创办的学校,前身是清末的汇文中学,后来增设了大学班。1920年前后,燕京大学购买了北京西北部的海淀勺园旧址作为校舍。勺园位于今天的北京大学校园北部,是明末书法家米万钟的花园,环境十分幽雅。燕大校方对勺园进行了重新规划,同时又对原有的馆、阁、树、石进行了修葺和保护,校园中保存有不少中式楼阁,足可与邻近的清华园相媲

---

① 《于安澜先生诗词》,《大观(收藏)》,2017年第5期。

美,实在是一个读书、作研究的好地方。

于安澜 1932 年于北平燕京大学研究院读书时

于海晏进入燕京大学后,心情十分舒畅,校园的一切都让他兴趣盎然,于是写下一组《燕大竹枝词》,共三十首,刊登在燕京大学校刊上。《竹枝词》本是由古代巴蜀民歌演变而来的一种诗体,七言四句,以吟咏风土为主要特色,后世还曾以风土志名目出现。于海晏这组《竹枝词》便是以燕大的风物为描写对象,

体例格式比较统一,每一篇皆由题目、介绍、韵文三部分构成。其中第一首描写乘校车进城入校的情形:

汽 车

燕大汽车轩敞奂美,故都九衢,尽人能识,而诸生服饰丽都,尤为人所艳羡。

金盖雕轮罗翠茵,琉窗不识绕街尘,凤城十里如飞过,半是何郎半美人。

乘着精美的车子,飞快地越过繁华的城市,映入眼帘的一半是俊男、一半是美女。这首开篇之作足见他初到北京的轻松愉快心情。组诗第二首写的是燕大的校门:

大 门

燕大校门西向,亦称校友门,上下汽车均在此门内,廊下悬有学校全图,以作过客指南。

迢遥周行距石麟,朱门六启俨丹宸,行人预识桃源路,阃室奥图要记真。

海晏在序言和诗歌中,详细介绍了燕京大学校门的朝向、别称、校园图、石狮、六开的红色大门等。自第三首起依次描绘了华表、贝公楼、穆睿楼、宁德楼、湖滨路、未名湖、思义亭、男生四斋楼、湖滨楼亭、华氏体育馆、水塔、临湖轩、钟亭、姊妹楼、女生斋楼、鲍氏体育馆、俪瑞楼等校园景致,皆以小序和韵文的形式一一道来。这组结构有序的大型组诗,以传统的《竹枝词》为调,细致勾勒出燕京大学的建筑、风物,形成了一幅生动的校园风光图,足见于海晏对燕大的喜爱及其深厚的文学功底。

第二章 寓居北平,扬名学林(1932—1939)

于海晏不仅喜欢燕京大学,也很喜欢北平。作为中国北方首屈一指的大都市,元、明、清三朝的国都,尽管1928年6月被南京政府改为北平特别市,但这座故都的文化底蕴与繁荣气派依然是无与伦比的。于海晏特别喜爱这里浓厚的文化氛围以及博学的专家教授。在燕京大学中,他一如既往地保持着勤俭朴素、洁身自好的本色。尽管于海晏出身于绅董之家,但是自幼家教严格,加之父亲去世后家境远不如从前,所以他在生活上极为简朴、自律,从不追求虚荣浮华,至于抽烟、喝酒、打牌这些消遣几乎从来不沾,风月场所更是不曾涉及,社会上的一切不良习气似乎都与他绝缘。

在燕京大学安顿下来后,于海晏准备把"汉魏六朝音韵"作为研究对象。自清代以来,从乾嘉学派到章黄学派,几代文字音韵学家通过对《说文解字》谐声及先秦《诗经》等韵文资料的整理研究,由传世的《切韵》隋唐音系逐渐上溯到了先秦古音,但是汉魏六朝时期的中古音系在音韵学史上始终是个空白。这个选题,其实源于1931年冬天他在开封与邵瑞彭教授的一次讨论。邵瑞彭(1887—1937),字次公,浙江淳安县富文乡人。自幼聪慧,十五岁中秀才,十六岁补廪生,十七岁到二十一岁就读于浙江省立优级师范学堂,毕业后接受严州府参议叶诰书的聘请,在严郡学堂执教。邵瑞彭精通诗词,被誉为"词苑之英""桐江之秀"。他不仅学问好,在政治上也很活跃,是光复会、同盟会和南社会员,还曾当选为民国众议院议员、段祺瑞政府参政院参政等。邵瑞彭才思敏捷,博学多才,与鲁迅、胡适、章士钊、朱祖谋、袁克文、杨树达、陈垣、高步瀛等各界名人皆有交往，还深得清末文字训诂学家孙诒让薪传，曾在北京大学、民国大学担任教授。1931年，邵瑞彭接受河南大学聘请，任国文系主任，同时开设词学课。

在家休养的于海晏偶然因事返汴，至交好友、滑县老乡尹达告诉他，学校新来了一位邵次公教授，学识渊博，是位诗词名家，应当前去拜谒。尹达原名刘耀，1928年考入河大，先学哲学，后来转向文史，由于对考古与历史研究兴趣浓厚，大四时就与同学石璋如、许敬参等参加了殷墟考古，他们这三位河大学子与北大7名参与殷墟发掘的学生被称为"殷墟发掘十君子"。于海晏听从了尹达的建议，晚饭后带着自己的诗词前去请教。邵先生看了他的作品，给予了高度的肯定和鼓励，还亲切地跟他谈论起当时的名家。海晏跟邵先生说起自己想去北京报考研究生，但是研究题目尚在考虑中。邵教授当即提出：汉魏六朝是汉语音韵发展的重要时期，然而韵书散佚，无人深挖，这一领域大有可为。这次谈话使他深受启迪、牢记在心。

古代音韵是乾嘉学派研究的重点，经过顾炎武、江永、段玉裁、王念孙、章太炎等前贤的努力，上古韵部已相当清楚，中古韵部也有《切韵》《广韵》这两部经典的著作，但是先秦古韵如何演变到唐韵，一直无人梳理。著名的文字音韵学家钱玄同(1887－1939)先生对此深感无奈，他说："廿年来在各大学讲述《国音沿革》一课，感到最无办法者，即为汉魏六朝一段。此段材料之多，过于先秦远甚，只因未经前人整理研究，故未知其与前之先秦及后之隋唐异同若何,且未知两汉到晋宋以下当分两期抑三期,更未知各期之部类若何。"钱先生曾有意发奋研究这一段音韵,却由于各种原因未能动手,以至于年事渐衰,"自念此后衰朽余生,恐不能从事于繁冗之工作于深湛之思考,此一段古音我将毕生不能明了矣!"

于海晏拟将汉魏六朝音韵作为自己的研究方向,先后请教了北平的语言文字学家刘盼遂(1896－1966)、刘节(1901－1977)、闻在宥(1901－1985)等先生。诸位师长在肯定这一选题价值意义的同时,都认为"汉魏六朝"这一时段太长、作家太多,要进行研究首先需要对这八百余年的作品用韵情况进行全面的归纳和整理,难度实在太大,并不适合做研究生论文。先生们还以先秦为例,认为这一时段的存世作品并不多,然而许多大师倾尽心血,费了很多功夫,却并没有做出什么有价值的成果来。文献有限的先秦尚且如此,若想仅凭一人之力在研究生阶段弄清楚汉魏六朝音韵,恐怕难以完成,于是都建议他缩小题目,暂作其中的一段。海晏体会到先生们的关爱、呵护之意,但是刚过而立之年的他正精力充沛、斗志昂扬,对一切都充满了信心和勇气,经过认真思考,他还是决定迎难而上,把这个选题进行下去。

进入燕京大学读研究生,于海晏再次展现出他的领袖素质。入学不久,他邀请北大、师大、清华的河南籍研究生们在中山公园开会,商讨向省教育厅申请研究生生活费。会议的讨论结果由师大的罗梦册拟成文稿,大家推选清华的张德昌和他作为代表回省进行交涉。二人在动身回河南之前,先把呈文寄了回去,结果教育厅来信不让他们回去,说很快就会拟出规章制度。不久,河南教育厅果然公布了研究生补助的规定:凡河南籍研究生,每年须向教育厅呈报学术成果,经过评定后,按名次高下发放奖金。

赴京读研的于海晏已过而立之年,虽然家中有田产、生意,但父亲亡故,常年战乱,老母幼子皆需供养,而兄长有些纨绔习气,不善治家,家中境况越来越惨淡,他希望通过自己的努力得到奖学金,不让家庭承担自己的学业开销。汉魏六朝音韵研究是个大工程,读研的第一年,他刚刚开始着手研究,还没有眉目,于是便把自己平日所辑录的诗论资料按条目进行编排,分成篇章,命名为《诗学总论》,作为1933年度的学术成果寄往河南教育厅,经过评定,获得了河南省教育厅的甲等研究生学术奖,奖金400元。这部近8万字的学术成果,汇集了历代诗话及各家文集中的论诗之语,从体制、源流、作法等方面进行归纳,分类考订,按时代先后排列,自成体例。这部书稿可以说是他治学生涯中的第一部学术专著,也为他埋下了一颗学术种子。后来,当时光之轮经过了一个花甲之后,四川人民出版社于1992年出版了他的《诗学辑要》一书,便是在这部书稿的基础上完善而成的。

读研的第二年,在优美宁静的燕大勺园中,于海晏一头扎进了汉魏六朝古音韵的整理研究中。他首先以丁福保的《全汉三国晋南北朝诗》和严可均的《全上古三代秦汉三国六朝文》为基本资料,另外又分别从《昭明文选》《古谣谚》《淮南子》《白虎通》《急就篇》《太玄经》《法言》《世说新语》《文心雕龙》《金石萃编》《金石续编》《八琼室金石补正》等文献中补充有关篇目，尽可能把汉代至隋代之间所有的押韵材料搜集齐备，随后又逐一把各种韵文和含有叶韵文章的韵脚认真摘录到笔记本上。他的具体做法是：先录诗韵，再录辞赋用韵，针对每一位作家立下一个名目，诗歌题目另行单起，把摘录入韵的字依次排列，凡是不同的韵部，上下皆留出空格，以示转韵。

经过一年的勤奋梳理，于海晏把这一时段的诗赋韵脚全部录了出来，整整20大本。紧接着，又对所摘录的韵脚进行归纳类聚。他认为如果能把每一韵用一种颜色勾圈出来，按色抄录，类聚在一起，然后再换种颜色另勾一类，如此进行下去，既醒目、易寻，又可以一遍就分出韵部来。由于喜爱绘画，于海晏的行李中总是带着颜料、画碟和画笔，于是便利用这些画笔、颜料，日复一日地进行着相关材料的辑选和整理，经过大半年时间竟然全部勾勒、描画下来。接着又按类分部，根据实际的录韵情形，最终把汉魏六朝音韵分为"两汉""魏晋宋""齐梁陈隋"这三个时期。考虑到合韵，即与其他部分相合的情况，这种分期的正确性十分明显。在此基础上，于海晏逐步审查音韵的演变情况，大体归纳出了汉魏六朝韵部，最终根据作品用字的时代背景划分为"汉韵谱""魏晋宋韵谱"和"齐梁陈隋韵谱"这三大部分，从而构成了这本专著的核心内容。

1934年，于海晏废寝忘食、潜心整理的汉魏韵部已具雏形，其中包含的材料十分丰富，足足有三十万字，他把这部书稿作为

于安澜 1934 年摄于北平

该年度的学术成果上报给河南省教育厅,经过审批,获得了600元奖金。接下来,他又对韵谱中各韵部与邻韵的分合以及各韵部的演变情况进行综合研究,对于疑似者再加以审定,终于在1935年写出了全书的成稿。除了核心部分的三个韵谱之外,他还在书前写了总序,概述汉语音韵从上古至陈隋的发展沿革情况;又用《韵部分合表》的形式来具体呈现汉魏、晋宋、齐梁陈隋这三个时段的音韵演变趋势及其变化特征。书后另有《存疑表》《校勘表》《作家地域表》等附录部分。就这样,经过三度春秋的独任其难、掘井开泉,一部全新构建汉魏六朝中古音韵体系的专著问世了!

这部书稿取材丰富,体大思精,极富创意,补足了汉语音韵学的全部时段。这时候,哈佛学术奖在燕京大学国学研究所设立了奖学金,于海晏便把这一成果就近呈报上去,通过评审,获得了500元奖金。这次哈佛奖学金共设四名,他名列第一,北平《晨报》在7月初的某号上还刊发文章,介绍了他的学术事迹以及该书在学术史上的重要意义。在燕京大学国学所攻读研究生的三年中,于海晏连续获得河南省教育厅和燕京哈佛国学所的奖学金共1500元,研究兴致空前高涨,走向学术之路的信心也更加强烈了。

(二)

《汉魏六朝韵谱》初稿完成后,于海晏对于其中一些存疑的问题加以悉心审定,形成了定稿,并与北平中华印书局(后来的中华书局)签订了出版合约,1935年9月开始承印付排。这部书稿一经问世,便在学界引起很大反响,许多著名语言学家如钱玄同、罗常培(1899－1958)、刘盼遂、闻在宥、王力(1900－1986)等都十分关注,并给予高度评价。音韵学家钱玄同先生亲自题写书名,还以信代序,称:"忽睹大著,此国音史上最无办法讲述之一段,先生竟竭数载之力,一一为之疏通证明,弟于是始知此段当分为三期。两汉犹近先秦,魏、晋、宋即入新时期,至齐、梁以下,乃与《切韵》大同矣。先生对于古音之贡献,多发前人所未发,弟真欢喜赞叹,莫可名状!……大著真堪顾、江以来未竟之业矣。"据关爱和教授考证,"于安澜1932年到燕京大学读研究院,继续《汉魏六朝韵谱》的研究,请益于音韵大师。《钱玄同日记》关于于安澜来访有六次记载,最初称于海晏(安澜),后直称于安澜,也可知于老以字为名的变化当在此时"[1]。

清华刘盼遂教授题序盛赞:"以三年之力,专精勤劬,独手成《汉魏六朝韵谱》一书,得三十余万言,参考群籍多数百种,人文之入选者无虑千余家,於呼可谓盛业!……求其资料周遍,缉撰密察,而褎然鸿帙,盖有未能如安澜是书者也。……安澜之思精力果,能利用科学之考证法,盖足以起人惊异也。"闻在宥先生也在序中评赞:"安澜之为此,其思周力果,有为他人所不易逮者。章节之分合,韵部之出入,文字之异同,作者之真赝,研核雠勘,

---

[1] 魏清源:《河南大学中国语言文学学科史》,河南大学出版社,2021,第14页。

第二章 寓居北平,扬名学林(1932—1939)

辩论往复,稿草屡易,务当于心而后已。此其艰苦,读者或不尽知之也。……其所贡献于音学者,固不可以寻常尺寸计也。"[①]

1936年5月,《汉魏六朝韵谱》一函三册正式出版发行。王了一先生专门撰写了书评。王了一即我国著名语言学家王力,他曾于1926年考入清华大学国学研究院,师从梁启超、陈寅恪、王国维、赵元任四位学术大师。1927年自费留学法国攻读语言学,1931年获得巴黎大学文学博士学位,1932年回国后致力于语言学研究,在清华大学、燕京大学任教,可谓当时语言学界的青年才俊。该书评载于1936年9月17日天津《大公报·图书副刊》,《图书季刊》第三卷第三期也有刊载。天津《大公报》和《图书季刊》是国立北平图书馆主办的刊物,尤其是后者,旨在"向国内外人士传达中外学术界之消息,藉谋万国人士在知识上之谅解,以为人类和平辟未来之新路"[②],学术性书评是其一大特色,两个著名的刊物皆刊发王先生的书评,足见媒介对《汉魏六朝韵谱》一书的高度重视。王了一先生在书评中对他不吝赞美:"于先生费三年的时间,独立以此成书,其毅力非常人所能及。"他指出:由韵文研究韵部应该有所判断,而这部著作中"首先令人佩服的,是于先生有判断的眼光",他还提到于安澜在韵部分合表里的论断与自己不谋而合,高度赞扬作者在整理材料时注意到了地域现象并予以归纳。

[①] 于海晏:《汉魏六朝韵谱·序》,中华印书局,1936。
[②] 《图书季刊》编辑部:《本刊编辑部启事》,《图书季刊》1934年第1卷第1期。

《汉魏六朝韵谱》的问世,可以说是于安澜研究生阶段的一个圆满句号。当然,任何一部著作都很难完美无缺。钱玄同先生在书信提出了三点值得商榷的地方:(一)韵字应该依声符排列,并注明《广韵》反切;(二)韵部标目,两汉宜用《三百篇》中最先见韵之字,魏晋以下宜用《广韵》韵目;(三)材料尚有可增补者。王了一在书评中表示认同钱先生的观点,同时指出:"这些都是不难做到的事。再版以前,略作更改补充,就行了。"王先生也提到该著作的一些不足:忽略了个体诗人的用韵差异,有时弄错了《广韵》韵部等。书评的末尾,王先生再次对这部著作做出了高度评价:"总之,此书瑕不掩瑜,三期之分,尤见恰当。如能再加董理,将成传世之作。"①

的确,这部富有开创性的汉魏六朝音韵著作得到出版,是语言学界的一件盛事。罗常培先生是著名的语言学家,1929年任中央研究院历史语言研究所研究员,1934年任北京大学中文系教授。他读过《汉魏六朝韵谱》书稿并得知中华书局即将出版的消息后,当即为历史语言研究所订购了7部,这让书局的发行人感到十分振奋。后来,罗常培、周祖谟等先生在1958年出版《汉魏晋南北朝韵部演变研究》(第一册)的时候,更是充分肯定了于安澜的开创之功。其他著名学者,如清华大学陈寅恪先生也十分推重该著,曾在《东晋南朝之吴语》一文中数次引用其中学说。

---

① 王了一:《〈汉魏六朝韵谱〉书评》,《图书季刊》1936年第3卷第3期。

《汉魏六朝韵谱》可谓是于安澜的成名之作,也是中国音韵史上的开创性著作之一,它不仅丰富了我国的语言学宝库,还产生了一定的国际影响。1970年,日本的汲古书院将此书影印发行。1986年,八十五岁的于安澜指点暴拯群对《汉魏六朝韵谱》作了全面的校订、修改和补充,使该书达到了一个新的高度,1989年5月由河南人民出版社再版。自20世纪30年代直至当今,《汉魏六朝韵谱》一直是中古音韵研究领域的必读之书。

值得一提的是,1936年,就在《汉魏六朝韵谱》一书发行之际,为了嘉贺于安澜的学术成就,国画家萧谦中先生特意为他作了两幅画:一幅题为《校书图》,另一幅为《谱韵图》。其中《谱韵图》上还有邵祖平、靳志、熊绪端等数位知名学者所题的纪念性诗文,可谓诗、书、画珠联璧合,是20世纪30年代京城文化界的一件雅事。无独有偶,时隔30余年之后,北京中央美院的刘凌沧教授也亲自为于安澜画像,南京画院国画大师魏紫熙先生补景,题名为《于安澜先生谱韵图》,再次展现了他当年勤奋治学的风貌。前后两幅《谱韵图》,皆是对于安澜和这部传世之作的特殊纪念。

于安澜在燕大读书、奋笔著作的同时,并没有割舍掉诗歌创作。虽然在燕京大学这样的象牙塔中埋头学问,但他依然眼界开阔,心灵丰富,关心国事,诗笔中依然保持着"诗史"之风。1933年1月16日,他写下《哀榆关》一诗,描述近年来日寇侵略、狼烟四起的危急局势,以及自己强烈的爱国之心。诗歌末尾写道:"噩耗悄至心悲酸,半壁河山不忍看。十年读书终何事,惟知耻著夷服冠。有手未僵堪执戈,有血未冷空翻澜。秣吾马兮整吾鞍,鼙鼓雪花不知寒。吴钩取得虏心肝,佐我黄龙酒边餐。"[1]这种心胸气度,丝毫不亚于岳飞、陆游等爱国诗人。1933年的夏天,于安澜还创作了一组《论诗绝句》,共十六首,分别是:

诗　经

篇章千古意弥新,哀怨和愉尽性真。十五国风推极品,半为思妇半劳人。

乐　府

开府设官夜诵诗,西京文采动人思。桂华纵教违经典,犹是咏歌全胜时。

古诗十九首

悲欢零乱述无端,眇邈篇章考信难。求识惊心动魄意,何须定作西京看。

曹　植

辞华风骨两相彰,音有琴笙羽凤凰。年少三河安得似,神仙富贵属君王。

阮　籍

无端抚景动高吟,一卷咏怀托旨深。自是语辞零乱甚,要从小雅识遗音。

---

[1] 于安澜:《夷庐吟草》,稿本。

陆 机

如海才思不可量,平原翰藻信辉煌。终怜气骨雄浑少,窀负文名压太康。

左 思

抱才宏远气豪雄,十载诵诗仰太冲。万里长流濯足概,胸襟千古又谁同。

陶 潜

五柳幽居已绝尘,偶然得句见天真。高风常在羲皇上,安问晋民与宋民。

谢灵运

初发芙蓉擢碧漪,登临佳什自精丽。山水千古传双祖,善长文章大谢诗。

颜延之

典则崇宏信足多,海岳殿阁蔚嵯峨。可怜错彩镂金手,不解天然二字何。

鲍 照

繁音促节感不胜,郁气未容肆奔腾。谁道参军多逸致,奇矫真有似饥鹰。

谢 朓

红药青苔百态生,风华千载忆宣城。昔传妙致方仙子,翠羽明珰锦浪行。

王维、孟浩然

王孟由来见并称,渊源彭泽各清澄。襄阳终觉伤枯寂,未极精微似右丞。

韩　愈

古文大气入吟诗,奇字古书焕陆离。自是昌黎情韵少,移题金石最为宜。

白居易

六义旨归浅易辞,至情真味沁肝脾。关心政教恤民隐,正是一朝纪事诗。

李商隐

百宝流苏喻妙妍,无题风调更缠绵。世人只诵绮丽句,谁信樊南是嫡传。①

中国传统诗学十分发达,出现了评点、诗话等各种批评形式,其中论诗诗,即以诗歌的形式来探讨诗人特点、创作现象,是比较独特的一种。于安澜这组论诗绝句中所涉及的先秦至唐代的著名诗集与诗人,在古代文学史上皆占据着重要的地位,由此可见他敏锐的眼光以及对中国传统诗学的娴熟。这些论诗诗,融会了《说诗晬语》《昭昧詹言》等前人诗论的观点,立意鲜明,评价中肯,在整个中国论诗史上也堪称佳作。然而,由于战乱、各种运动,以及作者的低调,这组论诗绝句几乎不为人所知。

（三）

1935年暑假,于安澜从北平回乡探亲,在家乡待了一个多

---

① 于安澜:《夷庐吟草》,稿本。

月,曾与大学时的同学兼诗友许敬参等相聚,敬参诗情盎然,写下一首作品:

喜安澜归自河朔邀饮兼呈玉峰晨曦

秋菊绽黄花,门前来故雨。久别忽相逢,执手忘所语。窗明促膝坐,逸兴生眉宇。君怀沧桑感,忘却霓裳舞。互乡与九夷,归来意若阻。塞马悲离群,朔雁怀旧侣。志士惜名节,神鸾爱毛羽。文章交有道,胸襟淡若许。把臂起徘徊,意气各吞吐。秋风正萧萧,关山艰行旅。邀我旧吟人,一杯乐尊俎。兼味愧莼鲈,聊慰索居苦。君方志凌云,六翮共一举。奋然抟扶摇,拘虚笑鼹鼠。

金秋时节,菊花绽放,一场雨后,久别的老友相聚,激动不已,明亮的窗户下促膝畅谈,许敬参感受到好友心中有种沧桑感。于安澜赴京攻读研究生以来的成就是大家有目共睹的,许敬参在诗中赞扬好友胸怀凌云壮志,祝福他如大鹏一般扶摇直上。面对诗侣好友的情谊,擅长创作的于安澜依韵唱和:

和道元见示原韵

世事多聚散,无端乖风雨。异乡鲜知音,腷臆谁共语。旧雨梦魂通,时到故人宇。行踪叹蓬转,伶仃感羁旅。我归自河朔,重寻旧吟侣。道元倒屣迎,杯酒慰艰阻。长歌凌云烟,清谈珠玉吐。逸兴自遄飞,寻句中徵羽。国事叹阽垝,边陲纷如许。悲我神州民,宰割如肉俎。华夏叹陆沉,蒿目空悲苦。新亭泪痕多,鲁戈又谁举。愿作南山鸟,一鸣醒雀鼠。①

刚刚出版了《汉魏六朝韵谱》的于安澜,并没有丝毫的得意与骄傲,他的和诗,不仅抒发了知音之情,漂泊之意,更有对国事的关心和忧虑。其中"国事叹阽垝,边陲纷如许。悲我神州民,宰割如肉俎。华夏叹陆沉,蒿目空悲苦。新亭泪痕多,鲁戈又谁举"几句,足见他并不局限于一己的悲欢得失,所关注的是神州华夏、黎民苍生。这种心系天下、关心国事的真实心声,以及博大、深沉的悲悯情怀,正是中国传统知识分子可贵的精神所在。

短暂的返乡探亲后,于安澜又返回到北平。由于中华印书局承印《汉魏六朝韵谱》,他需要参与到排版、校对等具体事务的沟通交流中,因此毕业后仍然客居在北平。在出版交流期间,编辑们对他的品德学养有了更多了解,发现他在美术领域也有超凡的禀赋和深厚的积累。当《汉魏六朝韵谱》排印完毕,书局方面邀请他再编著一部新书,于是他便准备推出一套古代画论方面的丛书。

尽管本科与研究生学的是中文专业,但是于安澜在书画方面的造诣也很突出。他对艺术的喜爱源自幼年,家乡古朴、鲜活的民间艺术对他熏染至深。私塾、中学、大学时期,于安澜分别得到黄子升、仝伯高、陶冷月等人亲炙,加上多年来的勤奋创作,他的书画素养不亚于专业人士。尤其在河大读本科以及在燕大

---

① 于安澜:《和道元见示原韵》,《河南博物馆馆刊》1936年第4期。

第二章 寓居北平，扬名学林（1932－1939）

读研期间，每当学术研究处在疲惫状态时，他总是通过金石书画来调节脑筋，或临池《石鼓文》，或品味吴大澂、罗振玉诸家的篆书，或浏览历代书画典籍，或挥笔临画。在北平期间，他更是充分利用地域文化优势，不断加强自己的学术和艺术素养。一次，于安澜到著名中医杨浩如的药店看病，见到王福庵（禔）的篆书对联，雍容高雅，欣赏不已；后来又见到罗振玉、马衡等各家篆书，觉古朴浑成、高出流俗。由于于安澜是搞文字学的，每次看到书法精品，便喜欢琢磨、模拟，因此书法水平不断提高。书画同源，于安澜与当时美术界的同人方介堪、李剑晨等先生皆有交流往来，还曾拜谒了居住在京的书画名家齐白石、郑午昌、萧谦中、黄宾虹等，得到这些名师、大家的指导和赏识。

值得一提的是，于安澜不仅书画水平出众，而且对传统国画理论及画史也有着浓厚的兴趣。上大学阅读古代典籍时，他便开始留意历代的论画著述，通过研读画论，大大提升了自己的绘画素养。出于自身的学画经验，于安澜认为很有必要精编一套传统绘画方面的专业丛书，以提高艺林人士的理论修养。因此，当中华印书局方面有意与他再度合作时，他便提出了编纂画论丛书的计划，还拿出自己先前已经收集整理的相关资料。于安澜纯正的专业思路和开阔的学术视野令编辑大为叹服，于是书局责任人很快便通过了他的选题。

20世纪30年代可谓是中国美术史上传统理论的黄金时代，在于安澜整理编纂画论之前，社会上已经出现了两种书画理论丛书：《书画书录解题》和《美术丛书》。前者是余绍宋先生所编。余绍宋(1882-1949),字越园,浙江龙游人,毕业于日本法政大学。1912年任浙江公立法政专门学校教务主任兼教习,翌年赴北京,先后任众议院秘书、司法部参事、次长、代理总长等职,还曾出任北京美术学校校长,北京师范大学、北京法政大学教授,司法储材馆教务长等。余先生博学多能,善属文、精鉴赏、长方志、富藏书,尤工书画。1928年草创了《中国美术史》,并撰写《书画书录解题》,这部书录介绍了东汉至近代的863种书画类书籍,分史传、作法、论述、品藻、题赞、著录、杂识、丛辑、伪托、散佚十大类,共十二卷,于1932年由北平图书馆铅印出版,是我国近代第一部书画类的目录著作。

《美术丛书》是上海神州国光社刊行的一套关于中国美术的大型丛书,编者是神州国光社的创办人邓实(1877-1951),后来是著名的画家黄宾虹(1865-1955)。这套丛书自1911年3月开始分册出版,初集十集,每集四册;1914年底出齐了续集(二集);1920年出版了后集(三集);1928年起黄宾虹接手编纂补辑四集,至1936年全部出齐。《美术丛书》的编辑刊行前后持续了25年,共收集历代书画、雕刻摹印、瓷铜玉石、文艺及杂记等五类著作计285种,包括论、赏、鉴、史、著录、技法、工艺等各门类,其中书画著作最多,约占全书的七成。这套丛书可谓20世纪早期艺术学文献的集大成者,然而门类驳杂,缺乏归纳,版本校勘不够精严。

面对前人的已有成果,于安澜用心思考自己的画论丛书编纂方案,开始投入到新一轮的编校、著书工作中。他首先把自己

第二章 寓居北平,扬名学林(1932—1939)

多年来看到并收集到的论画著作汇总起来,然后利用北平丰富的馆藏典籍资料,从版本、文字校勘、作者事略、材料来源等不同角度进行了精心的整理,选择时间早、品质优的版本互相校勘,广泛征引相关资料进行详细考订,补充个别遗漏。最后将54种精选出来的论画著作按照内容类别进行编排,有总论,有山水、竹、梅、人物等专论,总论在前,专论居后。每种类别中再依据作者的年代先后排列顺序。每编前面录有作者事略,便于查阅,书后附有校勘记,补充文献信息。经过一年的埋头苦干,最终编著成了一套既精且专、实用性很强的《画论丛刊》,共一函六册,1937年6月由中华印书局出版发行。

《画论丛刊》所选录的历代著名画论,自南朝刘宋时期宗炳的《画山水叙》始,至清代乾隆年间蒋骥的《传神秘要》终,共50余种,集中了中国绘画理论的精髓,各篇作者虽然在时代、风格、文理等角度各有侧重,但又在诸多方面一脉相承,彼此参看,从不同角度可以窥见中国绘画之心裁。譬如在山水画方面,通过各家关于四时景色特征、季节与色彩关系的论述,可以看出古人思考之深邃、写生观察之精微。《画论丛刊》的问世可以说是美术界的一件大事,当时业内的知名人士纷纷称赞。齐白石(1864—1957)、萧逊(谦中)(1883—1944)这两位京城绘画大家亲自题笺并绘制封面,著名美术史论家余越园(绍宋)先生和著名美术理论家、中华印书局编辑郑昶(午昌)先生分别为该书作序。

郑先生在序中热情赞誉说:"辑论画之书难在精选,读论画之书要在静参。安澜先生博学多艺,既著《韵谱》,乃辑《画论》。自梁以来选录都五十余种,或撮诸丛书,或钞自孤本,举凡画法画理之著作盖已取精掇英,毕罗于是。吾人欲究绘事,可不必用心择别而有善本,各得从其性之所好、学之所需焉。……先生述前启后,其有功于艺林又何如! 艺海无边,彼岸何处,欲往渡之,慈航在兹。"余绍宋先生是《书画书录解题》的编者,他在序言中也给以高度评价:"今于君此编皆各自为卷,所据之本一一注明,并详加校勘,足矫王氏之失(指明代王世贞《画苑》)。伪书虽已酌收,然非如詹氏之漫无考核(指詹景凤《画苑补益》)。……兹编所辑虽广而抉采矜慎,实为从来丛刊所未有。得此一编,于古今画学理论之源流与其要旨粲备无遗,洵可为后学之津逮矣。"这套丛书出版后不久,当时客居北平的著名国画大师、美术史论家、《美术丛书》的编者黄宾虹先生也给予"后来居上"的美誉。

综而观之,《画论丛刊》与《书画书录解题》《美术丛书》这三部美术理论文献丛书,分别专注于画论的整理、精校,书画著作的目录题解,以及以画论为主的美术理论汇辑,可以说各有千秋,呈现出三足鼎立之势。随着该书的出版,于安澜扬名于华夏艺苑,与余绍宋、黄宾虹一起,被视为美术史论界影响深远的三位大家。从实用的角度看,《画论丛刊》在后来受到更多关注。1940年,南京美院俞剑华教授在其所编的《国画研究》中对《画论丛刊》进行了高度评价:"中国画法、画理、画论原无一定界限,是书取历代画论五十四种,均系极有价值之作……全录原文,且收不易见之书数种,有此一书则画论已可得十之八九矣。"① 于安澜这部在30年代精心整理出版的《画论丛刊》,影响了一代又一代的美术界人士。

(四)

1937年,就在《画论丛刊》出版不久,卢沟桥事变爆发,北平、天津相继沦陷,日寇沿着京汉铁路线一直往南打,抗日军队为了阻挠敌人进攻,想方设法把铁路破坏了。于安澜原本要南下回乡,无奈由于战乱,交通中断,只好继续留在北平,不料这一待便是两年时光。七七事变后,驻北平的宋哲元部队在一个夜里突然撤出,搞得人心惶惶。很多人觉得为了保护文物、避免文化受损,应该不会在北平这样的文化故都中作战,但是国军的撤离,很可能使这里长久空虚,日本人一定会有所安排。北平城内外的人们似乎都茫然无适,有些人举家离开了北平,而城外的人又纷纷向城里迁移。

于安澜有一位同学熊正文(1910－2006),燕京大学研究院经济系研究生毕业后,又到北京大学研究院文史部就读,1937年刚毕业就遇到卢沟桥事变,全家由北平迁到天津租界去了,北平的熊宅只剩下几位亲戚,还有几位用人看门。在熊正文的邀请下,于安澜暂且搬到北平城中的熊家居住,以待时机。这时,他的小妹海云从天津女师毕业,跟随同乡搭船转青岛绕道返回

---

① 俞剑华:《国画研究》,商务印书馆,1948,第145页。

了故乡,这样,困守北平的于安澜便少了一份担忧和牵挂。一向冷静、清醒的他,对于南京政府的抗战毫无信心,每每念及国事和家乡的亲人,心中不免有些苦闷。

客居北平、观望时局的日子里,于安澜又把《说文解字》翻阅起来。这是东汉许慎编纂的字书,收录有九千多字,读大学时,他曾用心圈点过段玉裁的注,如今相隔数年,许多内容已经记不清了。他意识到这部经典的字书中所收的文字,有些是常用的,有些当今则几乎用不到了,若能进行一下筛选,一定会更适合今人使用。此外,《说文解字》的体例是根据字形编排,人们实际运用中通常是按照笔画去查字,当今学人在使用《说文解字》时,往往得从540个部首入手,掌握这些部首免不了死记硬背,很不方便。因此,在困守的岁月中,于安澜重新检录《说文解字》,逐部选字,以常用为标准,共选抄了4600多字,把那些生僻字都摒除在外。他也由此认识到,自己读书二十多年,常用字的数量其实还不足五千,而现行的字典,如《辞源》《辞海》等,收录字数达一万多,至于《康熙字典》收录四万多字,纯粹只是以多为贵,实际上并不很实用。

于安澜把所选出来的常用字,以部首相近者类聚在一起,分为天文、地理、草木、鸟兽、虫鱼以及社会制度、言行等十三类,每部中的字如果属于象形、会意的,便在字旁标上不同的符号,没标符号者皆为形声字,这样,每个汉字的造字法一目了然。至于其中有些字,凡是经过后世出土甲骨文、金文进行纠正者,亦一一注出。经过如此整理,形成了一部简明实用的《〈说文解字〉

第二章　寓居北平，扬名学林（1932—1939）

分类简编》，于安澜认为用这种实用的方法来研究《说文解字》，要比成年累月圈点段注更为方便有效。从文字运用的角度看，这部《〈说文解字〉分类简编》完全不亚于《兔园策》《龟册》一类的传统字书，可以作为初学文字者的跳板。然而，由于战乱年代，加之在古文字摹写、订补、排印等方面都存在一定难度，因此书稿一直没能公开出版。在此后的时间里，除了偶尔与同行谈及、翻阅之外，这部书稿一直在他身边默默陪伴了60余个春秋，被他视为"枕中之秘"。

于安澜潜心于古文字中，不知不觉一年时光过去了。随着日寇入侵，沿海各省相继沦陷，国势江河日下，他实在不知道到什么时候才能返回故乡。正好北平汇文中学缺少国文教师，通过燕大同学王锡昌的介绍，他接受了聘约，离开熊家住到学校，开始全心全意教授高三毕业班。由于当时大学招生国文考试中有成语和典故解释，因此学生们学习成语典故的要求很强烈，纷纷请他列参考书以充实国文知识。于安澜从《辞源》中选出一些成语和典故，印成了一本手册，供学生补充学习。值得一提的是，他所选的这些成语典故，在沦陷后第一年的大学招生试题中竟碰上了七个！放在当今，如果一本参考资料能押中7道高考试题，编纂者一定会火爆起来。

深谙国学精髓的于安澜很清楚，要想增长国文知识，仅靠指定的三五种书籍很难达到目标，如果能够让学生广泛阅读文学史上的大家优秀作品，更多地接触一些文言文，一定会收到良好效果。因此，他从《史记》中的《屈原贾生列传》起，依次选录了司马相如、东方朔等在文学史上有深远影响的作家,从汉代至清代,共一百家,把他们的史传进行标点,并加以注释,编成了一部《历代文学家传选》。学校把他编著的这本书付之排印,凡学生想要阅读学习者,只需出个印刷费即可。在汇文中学教书的这段时光,于安澜把自己的学问与中学教育很好地结合起来,为学生编纂出切实有效的参考书,足见他对待工作的认真、投入。客观来看,编选《历代文学家传选》来培养学生国文基础知识的教学方法,至今仍不失为有效的教学手段。

自1932年进入燕京大学国学研究所读书一直到1939年,于安澜除了短暂回河南省亲外,基本上都在北平度过,这段时光可以说是他人生中的第一个学术高峰期。在研究生阶段,他编写了《诗学总论》《汉魏六朝韵谱》这两部著作;毕业后,独自完成了《画论丛刊》《〈说文解字〉分类简编》《历代文学家传选》《名句辑要》等各类著作。寓居北平的这些年,于安澜还凭借着出色的学术成就和艺术才能,结识了钱玄同、闻在宥、刘盼遂、顾颉刚、王力等学术界大师,也认识了郑午昌、齐白石、萧谦中、黄宾虹、胡佩衡等艺术界宗师。他在古汉语、美术史论方面的学术水平得到了广泛认可,在诸位艺术大师的指导下,他在绘画、书法、篆刻等方面的造诣更为精深。20世纪30年代,而立之年的于安澜,在音韵学、美术史论、书画篆刻等方面已经显示出一种名家风范,成为中国现代文化史上一颗新星。

第三章　南渡北归,辗转教读
（1939－1949）

1939年暑假,于安澜任课的高三学生毕业了。这时,他听说平汉铁路得到恢复,火车可以通到卫辉,便辞去了汇文中学的工作,购买车票,南下回乡。从读研到连续出书,他在北平已经度过了8个年头,面对着战乱纷争、风雨飘摇的局势,他内心打定主意,如果能够平安到家,便不再回北平了。不料火车行至安阳停了下来,列车员要旅客们下车找旅社住。第二天又通知上车南去,不料行了一两站又停了,只看见车头倒在道路东边,经打听才知道原来为了抗日,国民军时时轰炸敌伪的铁路干线,交通随时都会中断。就这样一路上走走停停,终于回到了滑县老家。

（一）

于安澜自幼受传统教育影响,是个宗族感、责任感很强的人。当年在北平燕京大学读研究生时就自强自立,通过勤奋努力获得了奖学金,不仅解决了自己在学习、生活上的所有支出,而且还资助小妹海云完成了天津女师的学业。于家虽说是当地乡绅,家资颇厚,可是在连续动荡的时局中,经济状况已远不如从前。他在北京出版著作时,缺乏资金,不得不向朋友告贷,直到新中国成立后才把这笔债还清。抗战爆发后,三个儿女逐渐长大,母亲中风常年瘫卧在床,家中日子过得很艰难,因此于安澜毅然选择了离京返乡。

人生中总会有几次重要的选择,冥冥中决定了一生的走向。自出生以来,于安澜的生活环境和求学经历一直相对优越顺畅,无论性格还是心灵上都比较舒展、自然。因此,他待人处世真诚纯粹,没有什么世俗功利之心,从不会为一己私利而蝇营狗苟。他自幼好学,对学术、对艺术有着一种本能的热爱,凡是与学问、艺术相关的一切,总是认真、执着、投入。从学术和个人发展而言,北平的学术环境和文化资源无疑是很优越的,尤其是研究生毕业后,于安澜已凭借《汉魏六朝韵谱》和《画论丛刊》在学界打开了一片天地。如果他留在北平,后来的人生或许完全不同。但是从家庭角度看,一家老小的确很需要他的归来。

鸭固集离滑县县城八九十里,是游击队的活动区域,整体局势基本稳定,于安澜从北平回来后,就在家乡隐居起来。于母看到常年在外求学漂泊的儿子终于回到身边,一家人团聚在一起,心中无比欣慰。从北平返乡后,由于多年来兄长挥金如土,不断耗散祖上留下的家产,为了守住家业,保住一家人的生活之本,于安澜只好与胞兄分家而治,开始和夫人自立门户。这时候,他的大女儿采蘅14岁,长子静山12岁,次子蕴山8岁,都处在读书上学的年龄。由于抗战期间乡村教育条件有限,孩子们都没有出去到外面的学校读书,依然沿袭着家族传统,聘请教师在家中设塾授业。这次回乡后,于安澜除了侍奉母亲外,主要精力便放在了教育子女上,此外就是闭门研习文史与书画。

他早年在家塾学习,又接受过完整的中学、大学、研究生教育,还曾经在师范与中学教过国文课,因此对于下一代的教育自有一套行之有效的好办法。他针对不同的孩子因材施教,或打牢基础,或教授新知,谆谆诱导。一晃两年过去了,子女及侄辈们在学习上进步很快。1941年,小女儿采芙也出世了。这时候,按照传统的虚岁纪年,于安澜到了四十不惑的年龄,他写下一组《四十初度》,回顾了自己中学、大学、研究生以及当下回乡避乱这四个阶段的人生历程:

四十初度

弱冠志气凌云霄,初入胶庠便出群。三育铨衡咸甲等,七次壁榜占冠军。丹青曾代先生笔,槐厅常笼窗下文。回首淇泉论旧雨,几人铅椠此辛勤。

再游梁苑似鹏抟,从此益知学海宽。午夜吟诗官舍寂,三冬读史玉楼寒。登高似已谙途径,借镜亦尝望坫坛。自别夷门匆十载,师友一时聚会难。

初涉世途百感生,鸣鞭慷慨走燕京。石渠秘笈恣博览,硕彦宏论得遍听。三十以还知命运,百家参透悟人生。著书岂待朋侪誉,海内名家有定评。

普海兵戈何日销,且归田里伴渔樵。闲栽花竹消尘虑,偶借管弦破寂寥。日久鹭鸥同意淡,岁寒松柏爱迟凋。敢望草泽成野史,时因秋兴托风谣。

就在于安澜从北平返回家乡隐居教读的这段时间,日寇铁蹄已践踏到了黄河流域,豫北、豫东皆遭沦陷。由于多年来一直身处校园,埋头学问,于安澜对于经营田产家业也并不擅长,只是守着分家后的100多亩农田过日子,全家唯一的收入便是粮食,好在家中有位勤劳能干的长工于永林帮忙。值得一提的是,于家与这位长工结下了深厚的情意,直到后来迁到开封,于永林仍会专程前来探望,于安澜夫妇始终待他像家人一样。

20世纪前半叶,中国广大地区仍是小农经济,原始耕作,亩产不过百斤。40年代初,河南境内连续发生旱灾、蝗灾,灾情之重历史罕见,加之当时正处于战争前线、赈灾政策失误等原因,中原地区发生了历史上罕见的大饥荒,饿殍遍野。于家在当地算是条件不错的,但生活也十分困苦。尤其是春天青黄不接的时候,全家老小靠吃红薯叶度日,还有不去谷皮而磨成的面,粗糙得难以下咽,如果能煮上一锅红薯便是难得的美食。有时家中实在没吃的了,只好去借人家的高利贷,春天借一斗粮,两个月收麦后要还两斗。除了缺粮,家里日常用品也很匮乏,没钱买肥皂,就用草木灰浸出的碱水来洗衣服。要说当时土地是可以卖钱的,但于安澜思想保守,认为自己不能当败家子,因此宁可守着土地受穷,也不愿出卖祖上传下来的产业。他无论如何也没想到,这些苦苦守住的土地,却成了他日后饱经灾难的一个缘由。

就在全家挣扎度日的这段时间,抗战也进入到最艰苦的岁月,日军在河南的势力逐渐增强。有一次,开封的日伪机关派人员,带着人力车(乡间没有公路)来到鸭固集,找到于安澜,想要接他到开封为日伪工作,被他断然拒绝。如此民族气节,实在令人钦敬!

坐落在开封的母校河南大学,在日军的侵犯下,于1938年被迫流亡,相继迁到信阳鸡公山、南阳镇平,1939年来到豫西洛阳地区的嵩县潭头镇(后属洛阳栾川县)。潭头是伏牛山脉中一个群山环绕的小盆地,民风淳朴,风景可人,当地百姓对河大师生十分爱护,这里成为河大抗战流亡办学停留时间最长的一个地方,前后有5年。尽管条件艰苦,图书、资料、仪器损失惨重,资金不足,物资奇缺,但河大师生仍勤勉办学,经过多方努力,1942年3月10日,国民政府行政院通过了将河大从省立改为国立的决议,校名由国民党元老于右任题写,教育经费有了很好的保障。河南大学抓住历史机遇,克服种种困难,持之以恒专心教育,教育部考绩时,上课总时数居全国之冠,学术上也取得了骄人成绩。1944年,河南大学在教育部高校评估中获得国立大学第六名的出色成绩。如果说抗战时期的西南联大在中国大学教育史上树立了一座丰碑的话,流亡时期的河南大学堪称河南教育史上的"西南联大"。流亡的河大师生在偏远的豫西南山区小镇,创造出了校史上最为辉煌的历史篇章。

这时,担任文史系主任的嵇文甫先生与副主任段凌辰先生听说于安澜从北京回到家乡蛰居,便寄来信函,盛情邀请他前往潭头任教,于安澜也复信表示愿意接受母校的邀请。不惑之年的他准备携同家眷一起前往潭头投奔母校。不料1944年1月,宜阳、伊川等地沦陷,洛阳、嵩县告急。5月10日,日军逼近嵩县,汤恩伯部溃败,潭头危在旦夕,河大决定撤出潭头,学生集中到大青沟,教职工暂避于重渡沟。5月12日开始转移,但仍有师生滞留在潭头没能及时撤出。5月15日,日军数百人分两路侵入潭头镇,河大师生遭到屠杀,共有10余名师生遇害,25名师生失踪,史称"潭头惨案"。① 面对血腥杀戮,学校不得已继续向西流亡,迁至陕西宝鸡,于安澜到河大教书的计划也被迫搁置下来。

就在同一年,滑县为了挽救本地失学的青少年,在地方各界力量的支持下成立了联中,于安澜无法奔赴河大,便就近受聘到滑县联中任教,他的三个学龄期的子女也都进入滑县联中就读。工作和家事稳定下来,他的心情也舒展了许多。1945年2月下旬,春节刚过,于安澜看到天琴翁的诗作,便次韵唱和了四首:

碌碌人生岂有涯,闲来灌溉小园花。身无恩怨贫堪乐,室少杂宾睡亦嘉。带露春蔬成美馔,经雷桑叶当新茶。随身长物何须有,容膝数椽便是家。

田园尚有未为贫,况有琴尊伴此身。闲检陈编寻古趣,偶吟短什寄天真。篱花放益一庭富,画笔轻生四壁春。樗散至今翻自慰,免除万里走风尘。

且赏阳春色象妍,飞机任教响中天。读骚饮酒称名士,

---

① 河南大学校史修订组:《河南大学校史》,河南大学出版社,2012,第82页。

随柳傍花学少年。乘兴思穿谢客屐,娱情雅爱米家船。中年转觉胸怀健,行乐惟防景物迁。

七载游踪滞上京,赏心盛事记承平。奇书秘籍窥三馆,妙舞清歌顾九城。一自烽烟生蓟北,永无鱼雁接春明。天涯旧侣无消息,何日敦盘和议成。①

艰难的日子里,于安澜仍不失诗心。这四首和诗,充满了浓浓的文人意韵:碌碌人生中,淡泊度日。物质上的清贫,挡不住精神上的富足。天空中战机的轰鸣,无法妨碍墨客骚人的雅兴。回忆起在京寓居滞留的时光,怀念着太平盛世。自从北平战火燃起,便再也没有了老朋友的消息。什么时候才能两国和谈,结束战争呢?

从北平回归故里到抗战胜利这些年,是他自外出上学后在家乡持续居住最长的一段时间。尽管家人团聚、亲自教养儿女让他感到温暖与踏实,但是战乱与自然灾害频仍,居家的日子过得并不容易。蛰居在豫北乡下,每想到日军入侵,同胞们所遭受的艰难困苦,于安澜心头就有种挥之不去的沉重与忧虑,这种情绪从其抗战时期的诗作中可见一斑:

慨然归卧故山秋,清曹权当第一流。沧海横流唯独挽,桃源思避叹无由。凭栏每下新亭泪,倚柱时深漆室忧。浩劫红羊何日尽,长空怅然使人愁。

万里烟尘朝市非,一肩书剑赋旋归。眼中涸鲋难为济,

---

① 于安澜:《遣兴步天琴翁韵四首》,《效儒月刊》1946年第2卷。

天外征鸿自远飞。风雨揽梦心如醉,江山入望泪沾衣。家园一卧惊四载,故旧天涯信息稀。

佳节团圆自古传,几家今夕庆团圆。众多少壮从军旅,无数房庐付劫燹。寰海已无干净土,清光犹似太平年。一樽欲向蟾宫酹,百感如潮转怆然。

多居回首尽悲酸,八载供应物力殚。时乱军粮为急务,年荒藜粥是佳餐。故家伊孰存文化,旧侣几人耐岁寒。苦忆前尘难入寐,双楸池馆话长安。①

这四首七言律诗,从不同角度记录了自己回归家乡后的所历所感。第一首抒发归乡后对国事的忧虑,尤其是颈联,连续用典故来表达心声:《晋书·王导传》中提到东晋南渡的北方士人每逢暇日到新亭郊游饮宴,触景伤怀,悲叹半壁河山沦陷,后世便以"新亭泪""新亭对泣"表达忧国忧时的悲愤情怀;"漆室忧"出自刘向《列女传·漆室女》,讲的是鲁穆公时,国君年老、太子幼小,国事甚危,漆室有位少女倚柱而啸,忧国忧民。于安澜巧妙地借用这两个典故来抒发自己的忧国忧民之情。第二首写的是战乱中过节的情形。中国是个节日文化极为发达的国度,在宗族观念影响下,阖家团圆是过节最重要的事情,然而在战争年代,无数青壮年从军打仗,无数房屋被战火焚毁,四海之内没有一片净土,想要举杯向月,却不由得百感交集,悽怆满怀。第三

---

① 刘仲敏:《深切缅怀外祖父于安澜先生》,载赵国成、张放涛主编《文史撷萃》(上),河南人民出版社,2006,第303页。

首描写自己返乡蛰居四载,与外界联系稀少,处境困窘艰难,其中"涸鲋"之典出自《庄子·外物》,即干涸的车辙沟里的鲫鱼,以此来比喻处境艰难或无益之助。第四首提到八年抗战中物资匮乏、生活窘迫的辛酸。

令人欣慰的是,经过艰苦卓绝的抗日战争,中国人民终于迎来了彻底胜利。1945年8月15日,日本投降了,于安澜得知消息开心不已,写下两首诗:

闻日本投降

喜讯乍从剑外传,坠驴大笑欲狂颠。穷凶久料有今日,残暴谁能忘昔年。自是弱邦应劫运,可怜仙岛陷兵燹。东人日后论谋国,当信西园是老贤。(传说战事初起,西园寺数进宫,痛陈侵华之非,祈早罢兵。)

八年血战阵云深,此去空余泪满衿。不惜邦家成孤注,横挑仇隙树敌林。种文俱在何曾负,覆败皆来实自寻。太息高贤千万语,难回朝野侵华心。

在这组诗中,闻讯胜利后的欣喜若狂,对家国的关切,对战争的思索等,皆展现无遗。于安澜这些涉及抗战的诗作,真实地记录了自己的所见所感,秉承了杜甫的"诗史"传统以及陆游的爱国精神。透过这些作品,让人再次触摸到爱国文人的诗韵与神采。抗战胜利后,河南大学从宝鸡迁回了开封。抗战多年流亡办学,河大师生们备尝艰辛,回到河南省后,大家兴奋异常,纷纷返乡探亲,重聚天伦,学校暂时没有开课。这时候,于安澜所在的滑县联中也迁移到了封丘。

（二）

1946年暑假过后，经过战火洗礼的河南大学重整旗鼓，于安澜也正式受聘于母校。他辞家别乡再次来到开封，担任文学院的副教授。教书之余，于安澜发挥自己的特长，热心地为师生作画、刻印、辅导美术，并且与魏紫熙等美术界的人士交流切磋。魏紫熙（1915－2002）是一位崭露头角的青年画家，早年曾宗法"四王"，也追师石涛、梅清诸家，对南宋的刘松年、李唐、马远、夏圭四家也涉猎颇深，还受到当时日本画风的影响。1934年毕业于河南艺术师范学校，此后边教学边创作，多次在湖北、河南各地举办个人画展。1946年在开封举办画展时，河南民报曾发特刊评介，画家谢瑞阶与当时河南文运会艺术组组长傅恒书都大为赞赏，甚至认为"魏紫熙的山水画可媲美张大千"。于安澜也很欣赏他的才学、人品，还建议他到河南大学任教。1947年8月，魏紫熙受聘于河南大学，担任讲师，从此更是与于安澜结下了深厚的友谊。

1948年，于安澜感觉到社会局势有所好转，便把家从滑县迁至开封。由于兄长英年去世，他承担起照顾兄长一家的责任，把侄儿也一起迁来，在塘坊口街12号租下一处房子，共三间小屋，算是安了家。由于家中人口多，于安澜只好带着小儿子蕴山住在河南大学校内一间小平房中。安顿住处的同时，于安澜也为孩子们的学业操心，他把四个孩子和一个侄子分别就近转入市内的中小学读书。次子蕴山正读初中二年级，省立学校插不

第三章 南渡北归,辗转教读(1939—1949)

进去,私立中学又交不起学费,只好去读夜校补习班,连课本都只能自己手抄,就这样勉强完成了初中学业,但是在父亲的教育下,蕴山的学业十分出色。于安澜当时的工薪并不高,全家人仅可以糊口,大人、孩子都没穿过一件细布新衣,常年不知肉味。虽然物质上很艰苦,但毕竟生活、工作安定下来,他为自己起了个堂号为"霜葭堂",还刻了枚"霜葭诗草"的印章。

1948年春,于安澜应滑县同乡暴春霆之邀,为《林屋山民送米图》题咏,歌颂乡贤廉吏暴方子。诗曰:

> 余自总角入塾始,廉吏便闻暴夫子。后从马丈知此图,廿载空想丹青美。前年拜观及良晨,岁月迢迢五十春。画主作家俱宿草,祥云犹护翰墨新。尝闻先生尉林屋,清勤廉明民受福。拯救饥溺如身感,更为前贤修芳躅。只知努力布善政,永无苞苴献当轴。岂意久遭大府妒,日夜百计排挤去。欲加罪过自有词,隆冬罢之即长路。故园北望路三千,解组未几灶无烟。衣袭陆续付质库,首途尚少舟车钱。尽室淹留归不得,且就山中觅数椽。腊鼓冬冬岁云暮,空甑尘釜年难度。朔气凛凛雪满山,冲寒伊谁肯念故。山民闻之潸然泣,一人传二二传十。吾官为民贫至此,惟有酿米济官急。陈巷老翁首送门,旬日传遍八十村。米送百斛柴千捆,并兼鱼肉及鸡豚。莫叹贤良上不省,却是细民解报恩。秦翁奋笔绘为卷,传之江乡征题赞。画意已尽曲园诗,抚摩珠玑惟永叹。噫嘻乎!握篆数年领太湖,归装载得一画图。萑苻不见见应笑,宦海有谁如公愚。今官多饮贪泉水,攫尽

民脂囊橐里。欲壑难填且不休,一朝伏法万人喜。对图倍深昔贤思,天半赤霞但仰止。我欲印之广流传,藉励颓风式梓里。

民国三十七年　世晚于海晏题于霜葭堂①

《林屋山民送米图》是晚清吴门画家秦敏树的作品。秦敏树原名嘉树,字林屋,一字散之,又字雅梅,晚号冬木老人,吴县(今江苏苏州)人。能诗,兼工山水,五十后专用水墨。这幅图运用简单的水墨笔法,画的是清末苏州廉吏暴方子的感人事迹。暴方子(1847-1895),字式昭,河南滑县牛屯镇南暴庄人。光绪十一年至十六年(1885-1890年)在苏州府太湖厅甪里头司巡检。巡检从九品,是当时最小的官,主要负责训练甲兵、维持治安、镇压反叛。虽然位卑权微,但暴方子恪尽职守,清正廉洁,"刻苦自厉,非其分所应得,一钱不取,虽其母不能具甘旨,妻子无论也"。洞庭西山有典商三家,每年须向巡检司交纳钱款三百六十千,他上任后废除了这一陋规,将所得都捐给了西山的慈善机构继善堂。公务之余,暴方子短衣草屦,深入山水田野间,探问民间疾苦。他对地方文化也很重视,遇到即将湮废的先贤祠墓,便一一整修,立碣植树,予以保护。寻访到山中遗老的诗文集,就捐出自己微薄的俸银,支持刊行于世。

当地的西山百姓以花果为主要生计,有外地人来此放蜂采

---

① 政协安阳市委员会文史资料委员会、政协滑县委员会文史资料委员会编《暴方子事迹题咏集》,1997,第242-244页。

蜜,影响了花果收成。作为巡检,暴方子便予以阻止,结果官司打到苏州府。由于他清廉直正,被一些官吏所不容,因此光绪十六年(1890年)十一月被罢官。暴方子清正无私,罢官失去俸禄后,"债累满身,一钱不存,时届年终,无钱搬家,权住西山"。正值隆冬时节,一家老少饥寒交迫。西山老百姓得知情况后,纷纷自发拿着物品前来救济,一个月之中,共有七八千户人争相送来生活物资不计其数。据暴方子光绪十七年二月的禀文中所述,百姓们"肩挑船载,踊跃争先,即极小村落若张家湾、中瑶里等处,亦复载柴一船,致米数斗;更有老妇于公送外复投度岁诸物;亦有老翁持肉、童子担酒、庵尼负菜、禅僧携茶相饷者"。一月之中,"计共收米百四石八斗、柴约十倍于米,他若鱼肉鸡鸭糕酒果蔬之类不可计数"[①]。百姓们的爱戴让暴方子感动万分,不由叹道:"此乃万众心情所愿,怨者不能阻,爱者不能劝,非势驱利诱所能至,亦非乞求讨索所能得也。"至于百姓的馈赠,暴方子除了生活必须外,其余皆周济给贫困之人。次年三月初六,他携家眷返回河南老家,仅带了数十卷图书和一束典押借贷的契约。西山百姓依依不舍,有四五百人到码头跪送,哭声不止。

这件事情在当时十分轰动,游幕浙江的西山人秦敏树听说后,认为是"山中嘉话",便作诗吟咏,还画下《林屋山民送米图》,俞樾(1821-1907)为之题端,吴大澂、许振祎、吴昌硕、曹

---

① 政协安阳市委员会文史资料委员会、政协滑县委员会文史资料委员会编《暴方子事迹题咏集》,1997,第131页。

允源、邓邦述、沈铿、江瀚等名家皆有题咏,郑文焯也绘有《雪篷载米图》,遂成长卷。1947年岁末至次年,暴式昭之孙暴春霆持长卷遍请当时名家题咏,胡适题名并作序,还有朱光潜、冯友兰、游国恩、俞平伯、浦江清、朱自清、马衡、张东荪、徐炳昶、陈垣、沈从文、黎锦熙、李石曾、张大千等纷纷题画,徐悲鸿又亲自为其画了《雪篷载米图》。于安澜也在邀请之列。作为同乡晚辈,早年在家中私塾读书时,于安澜就听启蒙老师黄子开先生讲述暴方子任吴大澂幕府的事迹。1927年,他在马子美的诗集中见到关于此图的题诗,听到相关事迹,被暴方子高尚的品德情操深深打动。抗战胜利后,为了纪念先贤并鼓舞乡邦风气,于安澜曾把《林屋山民送米图》送请河南省参议会重印。参议会已有决议,但因印刷条件差,未能实施。1948年春天,于安澜受邀为这幅图题咏了长诗,详细描述了暴方子的高尚品格以及百姓们对他的深切爱戴,还在诗的末尾写道:"今官多饮贪泉水,攫尽民脂囊橐里。欲壑难填且不休,一朝伏法万人喜。对图倍深昔贤思,天半赤霞但仰止。"用当时的贪官与暴方子进行对比,发人深思。

1948年6月,暴春霆自己出资,由北平彩华印刷局以珂罗版印制了《林屋山民送米图卷子》一百本,分赠给题咏作者。后来又陆续得到邵力子、章士钊、柳亚子、叶圣陶等人的题咏。由于汇集了大量近现代名家对暴方子事迹的书画题咏,《林屋山民送米图卷子》成为一部珍贵的近现代文史资料。1997年7月,河南省安阳市委员会文史资料委员会、河南省滑县委员会文史资料委员会对这部卷子进行影印并标注刊行为《暴方子事迹

于安澜行书 《林屋山民送米图卷子》跋

山衡寒俄誰肯念故山民瀨乞灌溉泫一人傳二之
傅十吾官為民貧正此惟有釀米濟官急陳卷老
翁昔送門旬日傳遍八十村未送百斛榮千捆益兼
魚肉及雞豚莫歎賢良上不省卻是細民解報恩秦
翁奮筆繪此卷傳之江鄉徵題贊象意已盡曲盡
詩撫摩珠璣惟永歎嘻乎搖篆鼓年領太湖畔
裝載浮一卷圖舊不見應笑官海有誰似公愚
今官多飲貪泉水攫窆民脂囊橐慾壑難填且
不休一朝伏法萬人喜對圖倍深昔賢思天丰赤霞但
仰止我欲印之廣流傳藉厲頹風式梓里
民國三十七年春世晚 于海晏題於霜葭堂

于安瀾行书　《林屋山民送米图卷子》跋

题咏集》。时年96岁的于安澜用小篆题写了书名,并写下"激扬清廉,广为流传"的题签,以示对这位清正廉洁、大公无私的同乡前辈的敬意。

1948年,当于安澜安置好一家老小,工作、生活步入正轨的时候,解放战争的炮火又燃烧到了开封。6月,中国人民解放军与蒋介石军队在河南省会开封展开了搏杀。16日,密集的枪声在南关方向响起,解放军很快占领了飞机场;19日,解放军攻打河南省政府;20日攻打龙亭李仲辛的指挥所;21日,开封第一次解放。然而国民党并不愿放弃这座省城,派飞机多次进行轰炸、扫射,开封百姓在战火中煎熬。人们纷纷向开封东边的曹门奔涌,渴望逃出去,国民党飞机在上空向奔逃的人群扫射,场景十分惨烈。一周多来,开封城中炮火连天,硝烟弥漫,许多百姓和学生伤亡,国民党军队士兵的尸体横卧街头,小南门外更是堆尸如山。出生在开封的鲁枢元教授曾描写幼年的记忆:"城边惠济河里倒卧着肢体残缺的士兵,河水里浸泡着鼓胀胀的四蹄朝天的战马。……城破之后,满地是尸体和血污,暑气蒸人,臭气冲天,收尸的人不得不用湿毛巾扎住口鼻。"①这座历史古城中弥漫着尸臭与惊恐的气息。6月24日下午,解放军战略撤离。作为开封乃至整个中原地区最为著名的高等学府,河南大学受到了国共两党政府的关注和重视。

早在开封会战一个多月前,刘伯承、邓小平率领的中共中央

---

① 鲁枢元:《心中的旷野》,学林出版社,2007,第66-67页。

中原局机关、中原军区和中原野战军司令部,便陆续派出负责同志,直接或间接地与河南大学取得联系,向师生们宣传解放区蓬勃发展的革命形势,激励他们走向光明。开封解放后的第三天,即6月24日,解放军战略性撤退时,提前通知了一些开封的左翼学者及文化名流,包括"河南大学历史系主任嵇文甫、前经济系主任现经济系教授王毅斋、化学系主任李峻甫、教育系教授罗绳武、历史系教授赵俪生、体育教授兼作家苏金伞、音乐家嵇佑民等一行七十六人"①,于该日乘坐解放军开封前线司令部的两辆卡车奔向宝丰。途经襄城县时,还受到刘伯承、陈毅、陈赓三位将军的亲切接见。

6月29日,嵇文甫等一行抵达中共中央中原局所在地——宝丰县大白庄村。7月9日,以河南大学学生为主的开封学生287人,经过半个月艰难跋涉到达宝丰。7月10日,在邓小平主持下并经中央批准,以这批大约300名师生为基础,准备成立一所培养人民革命干部的中原大学,筹备委员会由陈毅、张际春、刘子久、嵇文甫、王毅斋、张柏园、罗绳武等7位同志组成。8月2日,经中共中央批准,在中原局、中原军区庆祝八一建军节的纪念大会上,刘伯承司令郑重宣布中原大学成立,校部设在宝丰县肖旗乡大白庄村。10月下旬,党中央任命范文澜、潘梓年为中原大学正、副校长。随着中共解放战争的节节胜利,1948年

---

① 开封市博物馆编《开封战役资料选编》,河南人民出版社,1980,第159页。

11月,中原大学迁回到开封原河南大学校址。

与此同时,国民党南京政府对于国立河南大学也十分重视。由于不愿失去这所负有盛名的综合性大学,开封第一次解放前夕,南京教育部部长朱家骅等开始筹划河大南迁苏州。然而河南地方政府并不愿河大外迁,但因第一次解放时省政府主席刘茂恩杀鸡抹血装伤员逃命,河南政府几乎处于瘫痪状态,根本无暇顾及河南大学。于是,国立河南大学校长姚从吾接受了教育部之命。混乱仓促中,国民党当局对于迁校并没有做好充分的组织安排,学校仅仅贴出了迁校布告。有些师生得到消息,仓促南下了,经过长途跋涉,千余名师生率先到达南京,由于食、宿皆无人过问,有些学生与下关车站发生冲突,惊动了当局,于是南京教育部传来了命令:9月1号不到苏州报到的师生,一律除名,停发工资和学生公费金。[①] 为了学业和生存,身处战火中的师生们绝大多数选择了和学校在一起。

(三)

1948年暑假,河大师生陆续来到苏州,在炮火纷飞中,于安澜也在10月份携带家眷跟随学校最后一批人员迁徙到了苏州。这座文化古城对于战乱中投奔而来的河大师生十分厚待,热情提供校舍和住宿。据1948年8月12日《苏报》记载:"姚校长马

---

① 姚伟、姚晨雨:《困顿江南盼回归("河南大学百年风云"系列——折枝成林之二)》,《大河报》2012年7月11日。

训导长对校舍房屋已觅定六处,计有沧浪亭河南会馆(三贤祠)、通和坊湖南会馆、中正路顾家祠堂,及怡园、狮子林贝家祠堂、平江路混堂弄杨家祠堂等六处。但该校原有六院十七学系,及产校、护校、高工、实中四五附属学校……所有租借房屋,大部为情借,屋主对河大流离来苏殊表同情,租金方面格外低廉……该校购存北平图书一部分及商借钱穆教授私人藏书,现正设法南运,留存上海之国外书籍,及由教部配购之器材仪器,即将由沪运来……"

当时的国立河南大学有文、理、法、农、工、医六个学院十七个系,南迁的师生有3000余人,加上家属,有5000多人。到达苏州以后,校本部安排在怡园,文学院在沧浪亭三贤祠。沧浪亭是苏州园林中历史最为悠久的一座,五代时期吴越国王钱俶的妻弟孙承祐,于宋开宝二年(969年)任中吴军节度使时在此始建别墅。庆历四年(1044年),诗人苏舜钦流寓吴中,购得此宅,在北部土山傍水处建了一座亭子,取古歌谣中"沧浪之水清兮,可以濯我缨;沧浪之水浊兮,可以濯我足"之意,命名为"沧浪",并撰写《沧浪亭记》。建园之后,苏舜钦与欧阳修等人悠游其间,欧阳修应邀作《沧浪亭》长诗,以"清风明月本无价,可惜只卖四万钱"题咏置园之事,"沧浪亭"逐渐声名大振。南宋之初,爱国将领韩世忠得此园。元朝时废为僧居。明代成化年间遭火灾,嘉靖二十五年(1546年)僧人文瑛复建沧浪亭。沧浪亭虽屡次遭毁,但苏州历代地方官对其青睐有加,清代江苏巡抚王新命、宋荦、吴存礼、陶澍等,或重修,或增补,或撰文,使这处古园林一直绽放着风采。其中有一副集苏舜钦、欧阳修诗句而成的楹联,"清风明月本无价,近水远山皆有情",更是把沧浪亭的文化意蕴发挥到了极致。

文学院安排到沧浪亭可以说是恰到好处。文、史、教三系的高年级学生便住在沧浪亭隔壁的三贤祠,虽然这些房屋阴暗潮湿,几近废弃,但在这非常时期能有安身之所也是很难得了。沧浪亭虽有些残破,但有清流把亭内亭外连成一片,山水茂林相映成趣,尤其是潺潺溪水从三贤祠穿流而过,可谓"千古沧浪水一涯"。于安澜在工作之余,透过颓垣断壁,可以窥见当年的假山湖石、亭堂回廊、佳木修竹、鸟语花香。沧浪亭东近美术专科学校,西有古色古香的孔庙,北靠书香缭绕的苏州图书馆,不远还有苏州工专和两所书声琅琅的中学……静谧优雅的环境,浓郁的文化气息,让战火中迁徙而来的于安澜倍感舒畅。

当师生们陆续迁往苏州之后,1948年10月,河南大学在怡园举行了开学典礼,各院系复课,学生们非常珍惜这来之不易的学习环境,格外刻苦用心。国立河南大学的招牌很有些影响力,南迁苏州的时候,学校借机聘请到钱穆、顾颉刚、郭绍虞、蒋复璁、汪懋祖、冯友兰、秉农山、李健吾等一批著名学者前来讲学。当时文学院的课程很精彩,不仅有钱穆教授的"中国文化史导论"、郭绍虞教授的"中国文化批评史"、蒋吟秋教授的"目录学"、马非百教授的"秦汉史"、张长弓教授的"中国文学史"、蒋鉴璋教授的"中国文化史纲"等课程。于安澜、任访秋、陈梓北等一批年富力强的教学力量也开始崭露头角。

然而,尽管苏州各方给了河南大学许多支持和帮助,但是三千多名师生寄寓办学,教学、生活等各方面的困难还是不少。尤其是淮海战役打响后,随着国民党政府的崩溃,学校经费得不到保障,师生们生计维艰,加之法币贬值,物价飞涨,生活越来越困难。1948年11月18日《苏报》的《学林漫步》栏目曾报道:"河大文四某女生,以经济困难竟在观前街公开拍卖衣物,见者下泪。"其实不仅是这位女生,河大许多教授也都得靠着变卖首饰、衣物来维持生计。于安澜全家靠他一个人的薪水生活,在经济上的窘迫也是显而易见的,但他却从不为此烦恼沮丧,也不会因此而故步自封,总是尽可能在有限的条件中寻找精神上的超然和学术、艺术上的进步。

1948年底,国民党军队节节败退,蒋介石自知大势不好,开始着手制订"抢救学人计划"。1949年1月,苏州局势紧张,河南大学校长姚从吾向教育部请辞,离开苏州去了台湾,全校面临着群龙无首、钱尽粮绝、前途未卜的局面。河大师生随后推选教务长郝象吾、前医学院院长张静吾和秘书长马非百三人负责全校事务,但不久便因无法满足学生自治会提出的改善教职工生活窘境而集体辞职。三人虽然辞了职,但仍然倾全力筹款、筹粮,为复课做了大量的工作。

1949年2月初,国民政府行政院院长孙科宣布要把政府搬到广州,教育部下令河南大学继续迁往广州,然后再迁往台湾。这时的国民党政权已摇摇欲坠、自身难保,大部分师生不愿意随国民政府南迁。作为国立大学,拒命不迁,教育经费可能会没有着落,师生们的生计难以保障。是去是留,成为河大师生的历史性抉择。最终,校务会决定拒绝南迁,继续留在苏州。当地报纸《苏州明报》时刻关注着河大的命运,将河大的危机公布于众,希望社会各界予以援助。教育部将2月、3月的经费按数倍的标准汇拨至河大,解了燃眉之急。

对于安澜而言,南迁苏州不过是服从学校当局的安排。离别故土,流亡苏州虽然动荡、艰辛,但是吴越一带的优美风光与浓郁文化让他感到新鲜与喜悦。苏州是江南吴越文化的重要代表,古朴幽静的园林、风月无边的太湖,还有虎丘、寒山寺等名胜,自唐宋以来便深得白居易、范成大、唐寅等众多文人墨客的赞美与喜爱,这里的风情景物也深深吸引了于安澜。在中国传统文化中,自然山水有着十分重要的位置。孔子云"知者乐水,仁者乐山",山水的形态及其所透出的情韵格调与中国传统文人、文化的气质风格有着密不可分的联系。历代文人墨客几乎没有不爱山水的,于安澜也不例外。明代著名画家董其昌在《画禅室随笔校注》中曾言:"画家六法。一气韵生动。气韵不可学,此生而知之,自有天授,然亦有学得处。读万卷书,行万里路,胸中脱去尘浊,自然丘壑内营,成立郛郭,随手写出,皆为山水传神。"①深谙古代画论的于安澜对于"读万卷书,行万里路"之说极为认同,旅游是他朴素淡泊的人生中少有的一大爱好。

---

① 董其昌:《画禅室随笔校注》,屠友祥校注,上海远东出版社,2011,第95页。

由于对学术、艺术的敏锐,他常常以画家的眼光去欣赏一切,他在漫游中,注重的是对自然之美的捕捉,对精神文化的追求。

寄寓在苏州的日子里,每逢课余和假日,于安澜总会找些时间到周边去游赏,还写下一些情文并茂的游记。有一次,他带领着 18 岁的次子蕴山从苏州步行几十公里到灵岩山、光福镇等地游览。光福镇有座邓尉山,因东汉太尉邓禹曾隐居于此而得名,是我国四大赏梅胜地之一,漫山遍野种满了梅花。梅开时节,繁花似雪,微风吹过,暗香浮动,飘散数里,被称作"香雪海"。于安澜曾写下《邓尉山探梅记》一文,记录携子出游的所见所闻。①

江浙自古温润灵秀、人文昌盛,除苏州外,还有"东南形胜、三吴都会"的杭州以及"江南佳丽地,金陵帝王州"的南京等,都是闻名遐迩的古都。1949 年春天,于安澜和王仲嘉教授前往杭州、南京等地游览各处名胜。资金窘迫,身上带的钱有限,仅够车费、船费和最简朴的食宿费,因此于安澜一路上从不敢多花一分钱,不敢去品尝各种美食,也不敢购买各类特产,用他的话讲,当时的旅游完全属于"穷游",但是,物质上的困窘却丝毫不影响他精神上的丰盈。

(四)

1949 年 4 月 23 日,人民解放军占领南京,宣告了国民党统

---

① 刘仲敏:《深切缅怀外祖父于安澜先生》,载赵国成、张放涛主编《文史撷萃》(上),河南人民出版社,2006,第 303 页。

治的覆灭。4月27日,苏州和平解放,没有任何战火硝烟,城市秩序稳定,商店照常营业,街上的行人比往常还多,一些同学在街上张贴标语欢迎解放军。4月28日下午,苏州各校学生踊跃来到东吴大学参加迎军大会,河南大学师生举着用花朵装饰的"光明来临"的标语牌迎接新时代。4月29日,陈毅领导的华东野战军接管河南大学,苏州军事管制委员会主任韦国清委派文教委员会主任徐步等进驻学校,在进行正常教学和科研的同时,校务会对师生进行登记造册,对学校财产进行清理。

就学校师生而言,面前的道路无非三种:投奔国民党;另寻工作或从军;留在河大。苏州解放后,苏州军管会主任韦国清对河南大学非常关心,立即给大家发放了维持费,安定师生情绪,帮助恢复学校的教学秩序,并鼓励进步同学参军、参干,投入到解放全中国的战斗中。河大师生很快掀起了参军、参干热潮。据统计,到1949年6月底,南迁苏州的河南大学先后为1700余学生办理离校工作、从军手续,其中"在苏州就地参加工作的约500人……随第三野战军后勤部参军的有300余人,随当时解放军第十兵团南下来福建作战的有400余人,随第二野战军到西南服务团的有400余人,还有一些分散零星投入革命队伍者或参加工作的"[①]。从军、工作分流后,在校学生有800余人。

早在1948年9月,河大南迁苏州后,河南各界人士担心失

---

① 里明:《河南大学在苏州的民主运动述略》,《河南大学学报》(社会科学版)1992年第4期。

去这所省内最优秀的高校,于是由省参议会提出议案,请河大迁回开封。河南地方政府也向南京请愿,"并电请在京豫籍同乡协助"。新任的河南省主席张轸去南京述职时,专程晋谒总统,请求将河大迁回开封。河南大学回复了8条不能返汴的理由,同时表示学校在苏并非永久,一旦条件允许,仍会迁回。如今南迁一年来,尽管受到苏州人民的欢迎和帮助,但学校的确也存在着不少困难,南迁毕竟是战时行为,所有校舍都是租借的,因此,寄居苏州非长久之计,返回开封势在必行。

1949年6月,河南大学开始准备北归。在邓小平、刘伯承、陈毅等直接关怀下,河南省政府派河大毕业生郭海长前往苏州,迎接南迁的师生返回开封校园。6月28日,苏州"学联"为河南大学举行欢送会。7月3日,河南大学1200余名师生、近千名眷属,护送着1500余箱图书仪器、4000多箱行李,自苏州起程出发。为了照顾回汴师生员工,当局在铁路交通调度极其紧张的情况下,为河南大学调配了一个专列,将公私财物,特别是图书、仪器集中运送。专列安全抵达开封后,南迁的河南大学师生员工终于回到了铁塔之下。

1949年7月18日,《河南日报》第四版以《流落苏州前河大师生职工千余人先后返回本市日内将到校开始进行学习》为标题,专门给予报道:

> 【市讯】前河南大学于去年开封第一次解放后,除一部分同学在嵇文甫、王毅斋、李俊甫等教授领导下,先后进入解放区外,大部师生职工(二千余人)在国民党反动派劫持

下逃往江南,流落苏州。苏州解放后军管予以适当照顾,供给食粮,维持师生职工生活。在此期间,同学中先后参加工作、学习者,达千余人。上月初,河南省人民政府特派郭海长同志南下接该校师生职工返豫,在苏州军管会协助下,于本月三日分批动身,经南京、徐州等地乘火车先后返抵开封。除留江南参加工作学习者外,六院十五系教职员四百余人,学生八百余人,工友近二百人,连同眷属综计二千余人,均已到达,经省教育厅、市文教局,及河南大学招待安置,分住省立一小、五小、六小、市立四小、任时女中、济汴医院及青云街等处,所有图书仪器,一千五百余箱(内图书八一一六四册,杂志六一八四册)连同行李约四千件,全部完整运回。今日河大张柏园、嵇文甫两副校长,王毅斋秘书长等,均曾至招待所慰问。十六日,省府吴主席特在河大礼堂对全体返豫师生职工讲话,并指出新的河南大学将为适应人民解放事业与今后建国大计的需要,在新的基础上改造、重建。最后在全场掌声中,勖勉全体师生职工为学习新民主主义和建立新河南大学而共同努力。现返汴全体教职员生,日内将到校开始进行学习。

1948—1949年,可谓中国历史上天翻地覆的一年,时代骤变之下,大多数人如同置身在历史的洪流中,随着潮流向前,命运中交织着偶然与必然。这一年来,河南大学的发展之路也不平坦,第一次开封解放时,嵇文甫等一批左派师生投奔了解放区,成为中原大学的组成部分;大多数师生在国立河南大学的队伍中南迁苏州。在南迁的这一年中,有些教授审时度势,早早脱离了学校,到上海、南京等地的一些高校中另谋职位,在相对优越、稳定的环境中,得到了更好的发展。据统计,从1948年6月离汴到1949年6月底北归,河大南迁的正、副教授流失很严重,由原来的131人剩下61人。[①] 就于安澜而言,燕京大学研究生毕业后,他的学问、书画已经在国内有了一定影响,只要他愿意,在南方高校找到一个合适的位置并不是什么难事。但他并没有脱离河大,尽管他很喜欢江南的风光景致,但却不愿舍弃自己的故土和母校。当学校准备返汴时,一向随遇而安的于安澜便和家人整顿了行李,跟随着学校的队伍,义无反顾地踏上了北归之路,沿途经过南京、徐州等地,辗转千里,回到了阔别一年的开封。

---

① 参见河南大学校史馆编《河南大学校史》(中),河南大学出版社,2002,第242页。

第四章　时代风云,坦然面对
（1949－1970）

就在寄寓苏州的国立河南大学师生返回开封之前,1949年5月,经中共中央中原局和中原人民政府同意,新成立的中共河南省委与河南省人民政府正式决定重新扩建河南大学,由省人民政府主席吴芝圃(1906－1967)兼任河南大学校长。吴芝圃是河南开封杞县人,19岁加入中国共产主义青年团并转为中国共产党党员,自1926年秋季任中共河南杞县地方执委会民运部长起,一直忠于革命事业,历任中共杞县县委书记、中共豫西特委书记、中共河南省委组织部部长、新四军四师政治部主任、抗大四分校副校长、豫皖苏边区党委书记、中原临时人民政府副主席、河南省人民政府主席等职。由河南省政府主席兼任河南大学校长,一方面足见人民政府对这所大学的高度重视,另一方面也可以看出以政治为主的办学导向。6月,河南省人民政府以中原大学医学院、教育系师训班500余人以及河南行政学院400余人为基础,成立了河南人民革命大学。① 客观来看,这一时期

---

① 河南大学校史修订组:《河南大学校史》,河南大学出版社,2012,第121页。

同时存在着三所与河南大学关系密切的高校：一是1948年成立的以部分河大师生为基础的中原大学；二是南迁苏州返回的国立河南大学；三是新组建的河南人民革命大学。7月，从苏州北归的国立河南大学被称为"河南大学文教学院"，下设政治、国文、教育、史地、财经、数理、化学7个系和俄文专修科。

（一）

1949年夏，新建立的中共中央中南军政委员会教育部从武汉派出人员到河南大学视察指导，随即确定河大的工作重心应放在师生的思想改造上，要结合思想改造进行可能的业务改造。在思想改造方面，主要是以共同必修的政治课程为中心，建立全校性的政治学习组织，全力搞好教职员及学生的政治学习。学校2000余名学生组成了22个大队，教师们编成3个师资训练班，70余位教授组成1个研究班。于安澜与任访秋、李嘉言等从苏州返回的教授们被编入了政治研究班，学习辩证唯物主义与历史唯物主义、社会发展史、阶级与政党、国家与革命、中国革命史、新民主主义论、中国共产党介绍、时事政策等知识。他们一面学习理论，一面参观工厂、访问农村、参加宣传活动和市政建设，并开展支援南下等各项活动。①

这次政治研究班自1949年9月起一直到1950年3月，为期

---

① 河南大学校史修订组：《河南大学校史》，河南大学出版社，2012，第125页。

半年。学习班结业后,于安澜为了安顿好家人的生活,便在河南大学西南方向大约3里远的花井街上找到了一处房子。花井街是开封市区东北部一条南北走向的小街道,南起西棚板街西口,北至北道门西街西口,长200余米,街西侧接马府坑街和北太平街。相传北宋时曾有一位马姓官员在此居住,花园中有一眼浇花用的水井,名曰花井,后来这条街道便被称作花井街。这口古井在路的西边,20世纪70年代通了自来水后才被封上,此前周围的人们都是吃这井里的水,据说井水很甜。花井街是条著名的老街,辛亥志士张登云就居住于此,关百益、靳志、武慕姚、庞白虹等开封响当当的文化名人也曾在附近住过。1950年夏天,于安澜把家搬迁至开封市花井街3号,院子里五六户人家,于家住在院子最里边的西屋和两间南屋。西屋是院中最好的房子,青砖木门,廊檐高挺,内进五间,很是安静。于安澜和家人在此居住了30年。

河南大学组织全校师生进行政治学习的同时,也在进行教学改革。根据毛泽东主席关于新民主主义教育的指示和党在老解放区办高等教育的经验,提出了"为工农服务,为河南经济和文化建设服务"的办学方针。在吴芝圃校长的直接领导下,校部专设政治理论研究室,负责研究和改进这方面的教学工作。各系的专业课程和基础课程,都要根据新民主主义革命和建设的需要进行调整,提倡压缩课程,去除陈旧的知识内容,增加社会急需的新专业、新课程。

在这种背景下,于安澜所研究的汉魏六朝音韵一时间没有了用武之地。他本是个纯粹的学者,自大学时期便对古汉语音韵产生了浓厚兴趣,20余年来,经历了国内革命战争、抗日战争、解放战争的硝烟,始终志向未改,对自己热爱的专业十分投入。如今,面对着河南大学以革命建设为主的办学方向,地主出身、跟随国立河南大学南下苏州的于安澜被搁置在一边,只能临时做些文史资料工作。不久后,他被学校认定为思想落后、不堪留用而解聘了。

(二)

年近知非的于安澜无疑是家中经济的顶梁柱,一家老小都要靠他的工资生活。被河南大学解约后,他必须考虑全家的生活。得知武昌教育学院蒸蒸日上,需要师资时,于安澜便在1950年9月,舍下家中老小,离开开封,前往武昌任教。武昌教育学院隶属于中原大学,与河大颇有渊源。1948年开封第一次解放后,嵇文甫等一批河大师生投奔到宝丰解放区,成为中原大学的组成部分。1948年11月中原大学迁到开封河南大学原址办学。1949年5月,为了适应革命形势发展的需要,为华中地区训练培养干部,中共中原局决定把中原大学迁到武汉,9月初开始在华中地区大规模招生,11月分别成立了独立的教育学院、财经学院和政治学院。1950年9月,潘梓年同志由副校长出任校长,学校向教育正规化方向发展,十分重视师资队伍的建设。于安澜应聘来到武昌教育学院,主讲历代散文和历代韵文,能够回归专业,让他心情舒畅。不过,由于刚刚把家安在开封花井

第四章 时代风云,坦然面对(1949—1970)

街,与武汉相距千里之遥,家人无法团聚,也是憾事。

新中国成立以后,在行政区域建制、高校院系设置等许多方面都进行了改革与调整。1949年8月平原省成立,次年10月,平原省人民政府决定在省会新乡建立一所大学,校名暂定为"平原大学",上报给教育部。1951年3月,教育部考虑到平原省人力财力困难,便指令"平原大学"改为"平原师范学院"。1951年7月,赵纪彬出任平原师范学院的代院长,不久正式成为院长。于安澜得知消息后,考虑到新乡与开封相距一百多公里,离家更近,方便往来,于是在1951年9月初,前往平原师范学院应聘。他的资历与学养无可挑剔,很快被安排在中文系汉语教研室,主讲古代汉语和文字学课程,这两门课正是他的兴趣所在。不料到校后不久,也就是这一年12月,根据当时的运动需要,他被派往江西抚州专区乐安县搞土改,历时三个半月。

1952年4月初,土改结束,于安澜返回平原师范学院,正式开启了教学工作。这一年,正是他知天命的年龄。于安澜为两个班开设了实用文字学课,同时也为古汉语课程做准备。自抗战胜利后进入大学校园,于安澜在开封、苏州、武汉、新乡等地辗转奔波,一直缺少良好稳定的专业学术氛围。当他接到文字学与古汉语的教学任务时,仿佛又找回了十几年前在燕大读书、钻研学问的那种感觉。在中文专业中,古代汉语是难度较大的一门课程,随着白话文的推广与成熟,不少青年学生都会对阅读古籍有一种疏远、畏惧的心理。为了帮助学生扫除阅读古书的障碍,于安澜便开始动手编写一部文字训诂学方面的教学参考书。

他根据大学生阅读古书的需要,结合自己前半生学习古文字的体会,广泛搜集摘录古书中有特殊用法的文字,按照形、音、义的特点区分为三编,每编又分若干类;在每个字下面依照时代远近罗列出辞例,使读者循此可以了解到字形演变、声韵通假、词义发展的脉络。

经过一年多的辛苦撰写,于安澜于1953年完成了《古书文字类编》的书稿,这是继《〈说文解字〉分类简编》之后撰写的又一种关于文字训诂方面的著作。在中国传统教育史上,尤其是近代高等教育出现以来,不少优秀的学者为了配合授课需要,自己编写教材、讲义,这些教材讲义都是深入浅出、质量过硬的学术著作,在教育史、学术史上发挥着重要的作用。作为一名教师,于安澜无论在中师、中学还是在大学,对教学都很用心、投入,他总是从实用的角度,结合自己丰厚的学术积累,为学生编写专业补充资料,教学相长在他身上得到了很好的继承和发扬。

但是,谁也没有想到,这本精心编纂的教学参考书竟引发了一连串的事件。书稿完成后,为了使学生们早日享用,于安澜便自备钢板、蜡纸,亲手刻印。不料竟有好事的同学向光明日报社写信反映,说学校让教授刻蜡版,大材小用。报社很快把意见反馈到了学校,并询问具体情况,系领导让于安澜给报社做个解释。他随即给报社复了函,说明自己刻印辅导材料是应学生要求,与校方没有关系。然而光明日报社接到回函后,认为这是被学校迫使的,批评学校应该给教授留出更多的时间从事学术研究。这件事情之后,学校有关方面便对他有了看法。按照当时的眼光,于安澜走的是"白专"道路,加上他地主家庭出身,曾在国民党时期任教,因而被学校打入"另册",备受歧视。从此以后,每当国内政治运动到来,他都会成为批判的靶子,在学校里受尽了冷落与打压,不但什么好事都轮不上,就连读书、做学问乃至课外辅导学生这些事情也不能明着做了。①

随着全国院系调整工作的推进,1953 年 8 月 6 日,国家教育部和政务院文教委员会决定将河南大学与平原师范学院两校合并,统称为河南师范学院,在开封、新乡两地办学,分别称为一院、二院。于安澜仍在新乡二院教书。早在 20 世纪 30 年代燕京大学读研究生时,于安澜便凭着自己的硕士论文《汉魏六朝韵谱》在学界引起关注。因此,1954 年,当新中国院系进行调整时,天津、济南等地的高校慕名纷纷邀请他前去任教,然而学校并不愿意放人,于安澜便留在新乡,仍在河南师范学院教授古典文学、古文字学等课程。

1955 年 8 月 16 日,教育部和河南省委、省政府对河南师范学院再次进行调整,决定将文科集中到开封办学,理科集中在新乡。新乡二院的中文系、历史系和地理专修科、俄语专修科调到开封,分别并入院本部的中文、历史、地理三系以及俄语专修科。1956 年 11 月 1 日,中央人民政府教育部同意:河南师范学院院本部及二院分别定名为开封师范学院和新乡师范学院。开封师

---

① 王蕴智:《于安澜先生传略》,载《字学论集》,河南美术出版社,2004,第 450 页。

范学院成为文科高等师范院校,下设中文、历史、地理、外语4个系。

(三)

1957年,于安澜随着院系调整,从新乡回到开封师院中文系。自苏州北归后,由于抓政治教育、减缩课程等种种原因,他于1950年9月离开了河南大学,先后到武昌教育学院、平原师范学院、河南师范学院二院任教。不料时隔7年,在教育部与河南省的院系调整中,重新回到了自己本科就读的母校,自己曾经工作过的地方。这一年,于安澜55岁,从此,开封铁塔下的这片校园也就成了他后半生的归宿。

由于开封这边的中文系里已经有教授古代汉语课程的老师,因此系里并没有安排于安澜到教研室执教,而是让他做些教辅工作,后来被分派到系资料室坐班。每当教研室辅导学生需要人手时,就把他临时调过去承担一些教学工作。作为一名早已蜚声学坛的古汉语专家,如今被派去做资料室工作,这在很多人看来无疑是一种歧视和冷落。然而,对于知天命的于安澜来说,工作没有热闹与冷落之分。在以往求学、工作生涯中,他经历过高光时刻,早在30年代在北平读研、出书的日子,众多古汉语和艺术界的名家对他赞誉有加,但是他从没有因此而扬扬自得。战乱期间从北平回到家乡的日子,他蛰居乡下教孩子们学习,到滑县联中任教,也从没有为此而感到消极低落。如今回到开封,远离讲坛,置身于资料室中,于安澜便通达、洒脱地把这当

第四章 时代风云，坦然面对（1949—1970）

作系里给他提供的一个读书、做学问的机会。每天在资料室里处理完相关工作，便抓紧时间安心读书、查资料，默默无闻地做着自己的事情。

于安澜当时有一件要完成的工作是修订《画论丛刊》。这个工作源自两年前，即1955年，他在新乡工作时，北京人民美术出版社的编辑特地找到他，提出要再版《画论丛刊》。原来，1937年他应中华书局之邀编纂发行的《画论丛刊》是一函六册的线装书，印数很少，加之出版后第二个月就遭遇全面抗战爆发，发行量有限。但由于这套书很实用，索购者越来越多，因此北京人民美术出版社特意请他进行校订，准备推出简装本。于安澜欣然允诺，从新乡回到开封后，利用资料室工作的闲暇时光，一丝不苟地继续点校断句，改易版本文字，补充资料，增删归并。上述工作完成后，人民美术出版社于1960年推出了两卷本的《画论丛刊》。后来，香港中华书局于1978年翻印了此书，继而传播到东南亚各国。

重新点校《画论丛刊》时，于安澜对古代画论的兴趣再次高涨起来，孜孜不倦地开始继续搜集、整理画论，共有上自唐代下至晚清的著名画学资料22种113卷，经过精心的校勘与标点，取名《画史丛书》，分为断代、地方、别史、笔记四大类。其中断代类辑书8种，分别为《历代名画记》、《图画见闻志》、《画继》、《宣和画谱》、《图绘宝鉴》（附《图绘鉴定续纂》）、《无声诗史》、《明画录》、《国朝画征录》。地方类辑书4种，分别为《益州名画录》《吴郡丹青志》《海虞画苑略》《越画见闻》。别史类辑书6

种,分别为《南宋院画录》《国朝院画录》《玉台画史》《画禅》《竹派》《墨梅人名录》。笔记类辑书4种,分别为《读画录》《画友录》《履园画学》《溪山卧游录》。

这套丛书记载了民国以前画家4200余名,通过它可以大致了解我国历代画家的状况。这22种文献,不仅仅单纯记录画家传略,也包括相当丰富的画论篇什。通过其中的绘画理论以及作者对画家、流派的褒贬,可以使读者窥知当时的艺术观点和审美倾向,对于美术史研究有着重要的参考价值。书稿编成后,1959年国庆节,于安澜在花井街3号自己家中,为这套丛书写下一篇前言,简洁并从容地谈到自己对中国绘画史的认识,以及编纂这套丛书的缘由:

> 绘画起于劳动,先民所以摹写渔猎牧植之所获,用以记录成绩,传授经验于后日。就甲骨、金文所刻"渔""牧""毕""罗""禾""黍"等字,皆古代原始之图画。故昔人有书画同源之说。至于每个图画,固定其概念,可以移动使用,更由衍形进而为衍声,则文字渐与图画分途以发展。图画用线条色彩具体表现事物之形态,一目了然,较文字为直观。惟必借纸绢墙壁或石刻而始能经久,又不如文字之简易。此亦性质之特殊,有所拘限也。
>
> 据古书之所记载三代绘画,皆属写实。如韩非子所引客有为齐君画者,问之:"画孰难?"曰:"狗马最难。""孰易?"曰:"鬼魅最易。狗马人所知也,旦暮于前,不可类之,故难。鬼魅无形,无形者不可观,故易。"其说明写实与相像

第四章 时代风云,坦然面对(1949—1970)

之区别,亦即当时绘画之趋向。至东汉刘褒画《云汉图》,人见之觉热;又画《北风图》,人见之觉凉,则此时绘画已进至布置景物,配合色调,颇具感染之力矣。南北朝时宗炳画所游名山于壁间,以作卧游,又扩大至摹写自然。及至唐明皇令吴道子与李思训同画嘉陵江山水于大同殿壁,王维自画其山庄《辋川图》,欣赏山水之美者,日益众矣。但当时人物故事,仍居首要。如吴道子之画佛经故事与地狱变相,以警世惑众,使人皆安居乐业,以作良民,则仍帝王以神道设教之故技也。

唐代文化灿烂,绘画之发展亦广。天才之作家迭出,专门之绝艺并兴。如阎立本之写《秦府十八学士图》,贞观中《凌烟阁功臣图》。又尝于春苑池上写波中异鸟,是传真专家而兼速写之妙。他如薛稷之鹤,边鸾之孔雀,韩幹之马,戴嵩之牛以及滕王李元婴之蛱蝶,专工一物,得其神情,艺臻精绝,恍如飞动。更由韩幹答明皇之语"陛下内厩万马,皆臣之师",足见作家深入实地,潜心默会,尽其变化,功力有不可及者。张璪提出"外师造化,中得心源",更说外界之景物与内心之体会,如何剪裁构图,灵活运用,尽在其中,启后人无限之法门。

至宋代徽宗赵佶,雅好此艺,大力提倡,创立画院,开科取士,设官分职,躬亲指导,提高画家政治之地位,巩固画家专业之思想,画学遂得高度之发展,作家如云,蔚为全盛。及其弊也,专尚形似,过守格法,而忽视性灵意趣,因而不羁之士往往起而矫正,打破格法之束缚,由是写意派亦逐渐而兴起。历元、明、清三朝六百余年,作家益众,流派纷繁。一派之中,定多作手;一物之微,皆有名家。各艺既登于高峰,众流亦汇为沧海矣。

图画具此悠久之历史,拥此丰厚之遗产,吾人今日应如何批判接受,如何整理,如何吸取其精华以作创造之借镜,则类聚昔人之著作,以供学者之研讨,自属目前之需要。昔年旅京,曾有《画论丛刊》之校辑,当时自拟计划,在使画学名著,分类印行,以便学者。画论之后,继以画史,画迹。无如画论甫出,即有"七七"之变。抗战期中,不获宁处;解放已还,忙于课业。廿余年来,迄无暇及此,时引为憾。迩来政府发展学术,规划宏远,百花齐放,推陈出新。旧编画论,既获重印,复鼓余兴,更期宿愿之实现。因续辑画史二十二种,付诸印行。其中选择版本,征引资料,以及校勘文字,疏漏错误,知所难免,尚期国内专家有以匡正之也。①

这篇前言不过千余字,但却纵横开阖,完整地勾勒出中国绘画史的脉络与特点。他从文字与绘画的同源与分流讲起,谈到写实、相像之别,及早期绘画的发展趋向。他以东汉刘褒为例,指出汉代绘画在布景、设色上已具有感染力。以南北朝宗炳,唐代吴道子、李思训、王维为例,指出山水画的发展、怡情悦性作用

---

① 于安澜编《画史丛书》,张自然校订,河南大学出版社,2015,前言第1-4页。

及影响。进而又指出这一时期仍以人物、故事为主,并从吴道子的宗教画入手,指出绘画的教化作用。于安澜不仅高屋建瓴地分析了唐代绘画繁荣发达、名家众多、门类多样、技艺高超的情况,还谈到唐人深入实地,把外在景物与内心体会相融合的艺术追求。到了宋代,由于徽宗喜爱绘画,大力提倡,并有开画院、设科举等一系列举措,从而带来绘画的全盛。于安澜在梳理宋代绘画高峰的原因和表现的同时,还客观地指出了宋代画学的弊端:过于追求形似,墨守画法,忽视了性灵意趣。也提到其积极意义,即带来了写意画的发展。序言还点明了元、明、清六百多年间画家、画派的大为发展。

在这篇短短的前言中,于安澜不仅勾勒了中国绘画史的发展风貌,还提出了面对丰厚、悠久的绘画遗产,今人该如何继承、发展的问题。他回顾了自己三十年代在北京校辑《画论丛刊》的经历,以及抗战、新中国成立后的遗憾。谈到了当下的社会文化背景,以及《画史丛书》的编纂情况。这篇前言,不仅内容丰富,语言也非常优美,通篇运用了不少骈文句式,四六相间,语感极好,加之见解高远,气韵流畅,真挚可感,堪称当代美术理论中的一篇美文。

1957年6月,全国性的反右派斗争开始,开封师范学院受当时斗争扩大化的影响,也开始了轰轰烈烈的斗争,1958至1959年,"拔白旗"、批"潘、杨、王"、"反右倾"等运动持续不断。于安澜先生自己和家人也受到波及,大女婿被打成右派,他当时和另一位"有问题"的教师一起被分派打扫办公区域的卫生,包括厕所在内。1959年,三年困难时期又来了,全国上下陷入了粮食和副食品短缺的危机中。就在这种精神和物质都充满着动荡和不安的年代里,于安澜日复一日地整理、点校着画论,并在花井街家中写出如此优美的一篇前言。不得不说,他的胸膛里始终怀着一颗纯净、超然的心,只要与艺术、学术相接,便能摒除世俗中的一切繁杂与困扰,绽放出夺目的光彩。

(四)

1960年,全国上下面临着新中国成立以来最严重的经济困难。于安澜的家中,由于大女儿采蘅一家三口的加入而变得更加艰难窘迫。采蘅的丈夫刘通,1947年毕业于河南大学经济系,新中国成立后夫妇两人都在中国人民银行河南省分行工作。1957年刘通被错划为右派,强迫下乡劳动,由于患肝炎得不到应有的治疗,于1960年含冤去世,年仅36岁。采蘅也受到株连,被解除公职。孤儿寡母陷入困境之中,于安澜得知消息,毅然把大女儿以及7岁的外孙女刘小敏、4岁的外孙刘仲敏接到了花井街3号家中。当时家中大大小小只靠他一个人的工资过日子,其中的艰辛可想而知。

作为一名传统、淳正的知识分子,于安澜一向无党无派,清白自守。然而,由于出身问题,加之曾在民国时期国立河南大学执教,还曾随校南下苏州,因此在新中国成立后变幻莫测的政治运动中,每当要揪出几个人来作为运动成果时,他总是厄运难逃,饱受打击。1960年,于安澜再一次被揪出来,被扣了"小潘复生"的帽子。潘复生(1908—1980),山东文登人,1931年加入共产党,曾发动组织爱国学生赴南京请愿,遭到国民党政府血腥镇压,被捕受尽酷刑,后得到营救。1952年11月,潘复生任中共河南省委书记兼省军区政治委员。1956年9月,中国共产党第八次代表大会上当选为中央委员会候补委员。1957年,潘复生通过调研,了解到河南地瘠民贫,生产条件低下,连年受灾,征购任务繁重,粮食严重短缺,因此向粮食部写了报告。1958年,潘复生受到批评,被认为是破坏粮食统购统销政策,只顾农民群众,不顾国家利益,犯了"右倾机会主义"错误,因此被撤职,下放到西华农场劳动改造。在批斗处分潘复生的同时,河南各地还把一些拥护他、敢于说实话的公职人员作为"小潘复生"揪出来进行批判。于安澜做梦也想不到自己这一介书生竟然能与省委书记关联起来,被认定为"小潘复生"。伴随着这个称号而来的,是批斗、上纲上线、停工资、只发少量生活费等,着实折腾了一阵子。①

面对着多舛的命运,不同的人会有不同的选择:有的人放弃自我,选择屈从;有的人坚持自我,不断抗争,甚至牺牲;有的人选择逃避,甚至一死了之。于安澜选择的是矢志不渝、忍辱负重。尽管国家和自己的小家都灾难重重,但他对学术的热忱始终未改,仍然投入到《画史丛书》的编校中。60年代初期,家中

---

① 于蕴山:《父亲的勤与俭——纪念先父于安澜教授诞辰一百周年》,载张生汉编《于安澜先生纪念集》,河南大学出版社,2009,第70页。

还没有装电灯,他经常在昏暗的煤油灯下从事学术研究和写作。此时的于安澜已经是六旬上下的老人,为了使煤油灯的光亮更加集中,他便动手用纸糊成一个灯罩,罩在煤油灯的玻璃罩上以便聚光。由于长时间的烘烤,这种纸灯罩用不了几天就烤焦了,于是重新换上一个……冬去春来,夜复一夜,自己做的这种灯罩不知换了多少个。直到1966年装上电灯之后,照明条件才有所改善。外孙刘仲敏先生后来回忆道:"该书从编纂整理到出版,前后历时七年。这期间,国内政治运动频繁,又发生了连续三年的自然灾害,家庭生活和他个人的处境都十分困难。是什么精神和力量支撑他完成这部巨著的,我不得而知,他晚年亦未提起过,更没有夸耀过。据我推测,对于事业的执着是激励他完成此书的动力,心胸的豁达是他敢于编写此书的条件。"①

1960年冬,党中央开始纠正"大跃进"中的"左"倾错误,提出了"调整、巩固、充实、提高"的方针。1961年春,中宣部在北京召开了全国文科高等学校教材编写会议,有近千名高校教师参加。黎冰鸿、潘天寿、史岩、王伯敏四位先生代表浙江美术学院出席会议。会后,文化部艺术教育司把编写《中国绘画史》的任务分配给浙江美术学院王伯敏先生。王先生接到任务返回杭州后,从自己多年积累的众多资料中,精心整理、筛选、补充,经过一年的不懈努力,于1962年春完成了60余万字的《中国绘画

---

① 刘仲敏:《深切缅怀外祖父于安澜先生》,载赵国成、张放涛主编《文史撷萃》,河南人民出版社,2006,第308-309页。

史》初稿。文化部决定召开一个书稿审议会,地点设在杭州,并从全国遴选了16位美术史方面的专家进行审议。由于在中国传统画论研究方面成就突出,于安澜受到了邀请,而且是中原地区的唯一代表。

当文化部的会议邀请函寄到了开封师院时,担任中文系主任的古文学家李嘉言疑惑了。在周围同事们的认知中,一直缩在资料室里的于安澜是搞古汉语的,谁也没听说过他跟绘画史有什么关系,更不要说是文化部方面的事务了。李嘉言实在不明就里,当他找到于安澜说起邀请开会之事,还连声问:"是不是搞错了?"直到于安澜把谜底揭开后,李嘉言才恍然大悟。[①]"墙内开花墙外香"的现象随处可见,虽然于安澜对于音韵学和书画理论都做出了里程碑性质的贡献,但谦虚谨慎、朴实无华的品性使得他从不在人前显山露水,更不会居功自傲。尤其多年来在政治上饱受排挤、打压,他更是淡泊低调、谨慎小心。张如法教授可谓是于安澜先生的忘年交,他曾在《我所知道的于安澜教授二三事》中写道:"我敢说,知道于安澜先生是艺术史家的,在20世纪50年代,外国的要比中国的人多;在60年代,京、沪、宁、浙、粤的要比河南的人多……"

接到会议通知后,在单位的支持下,于安澜按时赶往杭州。参加会议的16位专家,除了他之外,还有潘天寿、史岩、傅抱石、

---

① 张如法:《我所知道的于安澜教授二三事》,《协商论坛》2020年第10期。

俞剑华、徐邦达、伍蠡甫、黎冰鸿、金维诺、郑为、曾昭燏、黄涌泉、张振维等人。这个审稿会议长达48天,是新中国成立以来举办最早,也是时间最长的一次全国性美术史学术研讨会。王伯敏先生的书稿得到了与会专家们的认可,同时,专家们也中肯地指出了一些错误以及一些尚需商讨、改进的问题。会议结后,于安澜在返程之际自费到黄山游览、写生,留下了大量画稿。返回开封后,乘兴创作了《黄山人字瀑》《从狮子林望黄山北海宾馆》等画作,堪称其山水画的代表作。

1963年10月,于安澜精心整理的《画史丛书》由上海人民美术出版社出版,共10本。这套书与《画论丛刊》一样,都是美术史论方面的重要著作,出版后在艺术界引起了广泛重视。1970年,台湾地区也把这套丛书翻印发行,共两函10册,线装打套,丝线装订,绫缎包角,装帧十分考究。完成了这项工作后,于安澜打算把自己在《画史丛书》前言中所说的"类聚昔人之著作,以供学者之研讨"的心愿和计划进行下去。他开始搜集古代画论方面的文献资料,并于1964年着手编写另一部美术史专著《画品丛书》。闲暇之时,他还创作一些书法和绘画作品,在艺术天地里陶冶着自己的情操,放飞着自己的心灵。

1964年10月10日,嵇文甫先生突患脑溢血,与世长辞。听到消息后,于安澜十分震惊。嵇文甫先生是位史学家、教育家,与河南大学的缘分颇深。20年代于安澜在河南大学读书时,嵇文甫曾教授他们诸子学;40年代抗战末期,河南大学流亡潭头办学,时任系主任的嵇文甫曾邀请他前去任教;1946年于安澜

第四章 时代风云,坦然面对(1949-1970)

于安澜画作 《从狮子林望黄山北海宾馆》 1964年

回到河大教书,嵇先生的儿子振民结婚时,他特地画了一幅中堂,为婚礼增添了喜庆气氛,赢得了大家的好评;新中国成立后,嵇文甫任河南大学副校长兼文教学院院长,1950年10月至1956年8月,升任河南大学校长;1956年10月到新建立的郑州大学担任校长。如今在任上突然去世,时年68岁,不禁让人感到生命无常。于安澜写下一副挽联表达自己对老师的哀悼之情:"少而授业,长而问学,声音笑貌浑如昨;著述俱存,仪形宛在,方向道路永所师。"这副挽联,寥寥30字,把嵇先生的音容笑貌、学术仪态,以及两人多年的师生情谊都传达出来,令人动容。嵇文甫先生不仅是位学者、教育家,还是位政治家,历任河南省副省长、中南军政委员会委员、中科院哲学社会科学学部委员等职,然而于安澜的挽联却并没有涉及这些,仅仅从学问、音容、师生情谊上来表达,重情重义,没有丝毫的阿谀逢迎,足见他纯粹的人品和高洁的人格。

工作之余,于安澜对膝下的孙辈很是关怀。尤其是仲敏、小敏这对自幼失去父爱的外孙、外孙女。在外孙刘仲敏的童年记忆里,外祖父是个比较严肃的人。当时家里八九口人,全靠他一个人每月140元的工资生活。外祖母没有文化,是位小脚老太太,但勤劳能干,针线活十分漂亮,还做得一手好饭菜,她与丈夫共同养育了四个子女,在孩子们受到不公正待遇时,对孙辈们也承担了诸多的抚育责任。多年来,于安澜夫妇为两代人的成长倾注了大量心血。20世纪60年代初,幼儿园在开封还没有普及,尽管家中日子过得紧巴巴的,但他们却毫不犹豫地把孙辈送去上幼儿园,并且给他们订阅、购买《小朋友》《儿童时代》《红领巾》《中国少年报》等少儿读物。在当时物质条件很有限的情况下,孙辈们所受到的启蒙教育都是很超前的。

当刘仲敏上小学之后,于安澜更是对姐弟俩进行了较为系统的培养、教育。每逢寒暑假或星期天,他都要抽时间给孩子们讲书。内容有文字方面的,也有他精心选出来的成语故事、唐诗、宋词等,平时还辅导他们写大字、画画。花井街的老房子里,在外祖父身边读书、生活的场景,是刘小敏、刘仲敏姐弟最为深刻的童年记忆。正是由于儿童时代受到外祖父耳提面命的谆谆教导,姐弟俩都打下了良好的文化基础,书法、绘画也很出色。

1963年与夫人(前排左二)、女儿及孙子、孙女合影

(五)

然而,好景不长。1966年5月"文化大革命"开始,开封师

范学院与全国许多高校一样,迅速做出了反应。6月3日,根据中共河南省委指示,全校停课,投入"文化大革命"运动中。不久,开封师院文化革命委员会成立,还成立了"红卫兵战斗师"。8月24日,学校召开大会时,中文系、艺术系一些学生组成的"革命造反队"冲上主席台,标志着学校造反派的形成,这一事件影响到整个开封,因此开封的造反派也被称作"八二四"派。不久,以中文系学生为主的保守派成立了"井冈山战斗队"。就这样,全校2400余名学生形成了势不两立的"造反"与"保守"两大派,教职工也在"革"与"保"的问题上分成两派,学校正常教学工作完全停顿。

"文化大革命"开始后,打、砸、抢、抓、抄等暴力行为到处蔓延,唯成分论横行。开封师范学院中那些曾在民国时期国立高校任教的,以及出身不好的教授,纷纷被打成了"牛鬼蛇神""反动学术权威"。于安澜的出身、经历,自50年代以来一直被打入"另册","文革"中,他被作为"反动学术权威"揪了出来,时时要接受学生们的批斗,戴高帽、游街、关"牛棚"、下放劳动等种种磨难无一幸免。在这种情况下,《画品丛书》的编纂显然无法继续,一切学术计划都中断了,甚至连外孙、外孙女都无法辅导了。

这场浩劫中,无数知识分子遭到身心摧残,有些人被批斗折磨致死,有些人不堪凌辱自寻解脱。已过花甲之年的于安澜,由于心无杂念、胸怀宽广、为人坦荡,因而对于各种屈辱和迫害都能及时地调整好自己的心态和状态。面对着这场充满扭曲、迷狂的闹剧,他始终能够保持着坦然、明达的态度,有时甚至会用诙谐幽默来面对这残酷的现实。"文革"初期有一天,他和几位老教授,还有校领导被拉出去游街示众,头上戴着高帽子,脖子上挂着牌子,还得自己敲着锣。一天游斗下来,64岁的于安澜身心疲惫,回家就仰卧床上,时而自我发笑。家人见状,生怕他精神上受了刺激,想要宽慰,不料他却说:"今天游街,我们几个人的高帽子撞到一起,几个人的锣怎么着也敲不到点上,事先要是能练习一下就好了。"听到这话,全家人忍不住被逗乐了,沉重压抑的气氛顿时轻松了许多。

1967年,"文化大革命"进入到混乱时期,开封的"造反"与"保守"两派也由文攻发展为武斗。在这种人性之恶到处释放的扭曲环境中,于安澜这些"反动学术权威"的日子自然不会好过,不仅遭到批斗,还要接受"劳动改造"。有次挨批斗时,正值隆冬季节,天气奇冷。负责批斗他们的学生被冻得受不了,都揣着手,坐在稻草上,还把双脚掩在稻草下面取暖。于安澜正接受批斗,只见他一边口头上做着检查,一边不停地活动着两脚。学生责问他为什么乱动,他坦诚地解释说:"你们怕冷,我也怕冷。你们的脚能掩在稻草里,我却不能,只能乱动取暖。"学生听后忍不住笑了,笑之余也对他生出了几分同情。

1968年,于安澜跟随学校的"牛鬼蛇神"改造队伍到河南西部的灵宝县(现灵宝市)参加"斗、批、改",并到农村接受"劳动改造"。第二年,继续跟随着学校的改造队伍被下放到农场劳动,先到杞县孙刘农场,秋天又转至尉氏县永兴河大农场。出发去尉氏前,外孙女刘小敏到学校送他,还特地带了被子、褥子、棉衣等防寒用品。去农场时,乘坐的交通工具是一辆敞篷卡车,后面挂着拖斗,这些老教授便和行李一起被安置在后面的挂斗中。到了农场附近,由于路况太差,卡车一路颠簸前行,在急转弯时突然失去平衡,挂车翻了,车上的人和行李、物品被甩了出来。所幸速度不快,挂车翻向一边,人和行李物品被甩向了另一边,加之路旁都是沙土地,没有人员受伤。66岁的于安澜从地上爬起来,抖掉身上沙土,幽默地向监管他们的人说:"报告队长,有惊无险。"老教授们正一个个惊魂未定、心有余悸,听到他寓谐于正的报告,都会意地笑了起来。

孔子曾说过:"吾十有五而志于学,三十而立,四十而不惑,五十而知天命,六十而耳顺,七十而从心所欲,不逾矩。"于安澜的一生可以说很好地践行了孔子的轨迹。他少年立志于学,30岁考上研究生,在古音韵和绘画史方面崭露头角。抗战爆发后,他的命运与国家命运紧紧连在一起,饱经风霜,屡遭磨难。年过半百后,更是饱受打击,但却始终坦然面对。60年代,进入花甲之年后,他感觉自己彻底"耳顺"起来,从不把那些批斗的话语放在心上,拘谨的气质也在各种斗争中逐渐减少了。随着时间的流逝,经历的丰富,他活得越来越通透,身上多了几分孩子般的纯真及心无挂碍的幽默。

作为一位充满智慧的学者,于安澜在几十年的人生历程中已不知不觉地形成了自己的文化品格。所有读过的书,经过的事,都融进了他的思想性情里,又呈现在他的一言一行中。他身上仿佛有一种融化的力量,多年来所遭遇的不平与沧桑,全都在无形之中被消解、融化掉了,在最艰难的时候,他没有愤怒,没有委屈,没有抱怨,也没有苟且,始终捧出的是一颗自然真挚、淡泊明静的心。他希望所有人都能感受到更多的真淳、善良和爱心,也希望能早日消解掉那些无谓的矛盾与纷争。"文化大革命"以来,这位曾经缩居在资料室中的低调朴素老人,因为自身散发出来的那种达观、谦虚、坦诚、纯朴、坚毅、勤奋的高尚气质,被越来越多的人所认知、所敬重。后来,甚至有些曾经批斗过他的人,也都慢慢成了他的崇拜者,对他赞不绝口。更有留心者通过事后追忆,为他编织了许多耐人回味的逸闻趣事,在河大校园传为佳话,流传至今。

第五章　阴霾渐消,影响大增
(1970－1979)

"文化大革命"给社会和校园带来的破坏和冲击是显而易见的,已近古稀之年的于安澜身不由己被裹挟在其中,做检讨、挨批斗、去劳动……不过,淡泊洞明的他,并没有因此而心理失衡、痛苦不堪。面对当时各派组织之间争斗不息的混乱局面,他一向视而不见,其中各种人物之间的恩怨是非,也从不去理会。在他心中,真正值得用心的,是学术研究和自己的家人。

(一)

1970年以后,"文化大革命"的斗争目标有所转移,针对"反动学术权威""黑五类""臭老九"的批判风潮有些弱化。这一年,于安澜的学术影响在大陆之外的地区逐渐传播开来:台湾方面翻印出版了他所著的《画史丛书》,此后不久,日本方面也翻印出版了他的《画论丛刊》和《画史丛书》,而且是精装日译本。同年,日本汲古书院又将《汉魏六朝韵谱》翻印出版。于安澜的名字在海外被越来越多的人所知晓,他的著作也发挥着越来越大的作用。

当于安澜感觉到"文化大革命"的斗争形势稍有缓和时,便悄悄地拾起了中断已久的《画品丛书》。在随时都可能被揪出来批斗的情况下，他一有空就在家里孜孜不倦地整理、编写。炎热的夏天，他把椅子、小板凳搬到房檐底下的阴凉处，拿椅子当桌，自己坐在小凳子上，心无旁骛地抄写书稿。他用圆珠笔在衬着复写纸的稿纸上抄写，一式三份，一笔一画，十分认真。他本身精通书法，所以手写而成的书稿，字体工整，遒劲有力。在当时的历史条件下，这种学术著作根本不可能出版，但对于安澜来说，做学问完全是出于自己的真心喜爱，系统地整理传统画论，也是为了完成自己多年来的心愿。

随着政治形势的缓和，开封文化界也逐渐松动、活跃起来。作为一座历史文化名城，开封本地的书法、艺术爱好者很多，一些新、老朋友开始频繁地来找于安澜。他们来到花井街3号院的于家，谈书法、谈艺术，有时聊得忘了时间，贤惠的于夫人便做好饭菜招待大家，吃罢继续畅聊。小敏、仲敏这些孩子，也很喜欢听大人们的畅谈。他们记得夏天的夜晚，丁承运、丁家凡兄弟和马杰等几位年轻人来到家中畅聊。丁承运生于开封，自幼热爱中国文化艺术，先后师从靳志、武慕姚、蔡德全等学习诗文、书画，尤其擅长古琴。他1969年从湖北艺术学院器乐系毕业，1972年到河南大学执教，可谓是于安澜的忘年交。聊天之余，丁承运率性地弹起了古琴，清澈古雅的乐声似乎穿透了黑夜，穿透了人的心灵。"文化大革命"中后期，深藏在花井街的于家，无形之中成了古城开封一个朴素又高雅的文化沙龙。院里的邻居们也都被于家的文化氛围所吸引，他们也默默地享受并保护着这一切。

出入花井街3号院的人中,书画界人士很多,他们有些是于安澜多年的故交,如武慕姚、陈玉璋、牛光甫等著名书法家;也有一些中青年书法新秀,慕名前来请教。他们还率先在国内组织起了书法研究会,成员们对书法的热情很高,但许多人对于书学理论、历史演变、流派、笔法技巧等专业知识的掌握十分有限,要想切实提升书法水平必须有更好的指导与提点。于是,在开封市文化馆和书法界的迫切要求下,于安澜应邀到文化馆为书法爱好者们授课。由于这些书法爱好者大都是业余的,因此授课时间只能安排在晚上。当时文化馆办公地点在著名的相国寺,从花井街到相国寺有两三公里,走过去需要20多分钟。70年代初期的开封并不繁华,尤其是晚上,大街上路灯昏暗,小街道灯光更差,有些地方甚至还是坑洼不平的土路,这时的于安澜已是年届古稀的老人,因此每次讲课都是由外孙刘仲敏陪着他去。祖孙俩走在昏暗的小路上,有时候灯光把他们的影子拉得很长很长。尽管没有车接车送,没有任何报酬,但于安澜却心甘情愿地去为书法爱好者们讲课,这种付出,完全是出于对书法的由衷热爱,对文化事业的大力支持。这种无私、忘我的精神贯穿了他的一生,在晚年的岁月愈加鲜明。

在授课的同时,于安澜还与开封市书法界人士一起,举办了各种书法展览和书法交流活动,使得当地的书法艺术蓬蓬勃勃地发展起来,至今仍延绵不绝。于安澜在开封乃至全国书法界的影响越来越大,向他征集书法作品和求教的人也越来越多。

其实就于安澜来说,多年来他一直致力于古汉语、美术史方面的研究,书法纯粹是出于实际应用和个人业余爱好,自己并没有当作主业。开封文化馆和书法研究会之所以找到他为学员开讲座,一来是他在书法及文字学上的造诣,二来是他高尚无私的品格。于安澜很重视书法研究会赋予他的文化使命,把讲学看成是自己分内的事情。他结合书法理论与自己的书写实践,深入浅出地为会员们一次次讲解,分文不取。

1972年,为了进一步提高书法界人士的理论修养,于安澜精选了20余种历代书法理论著作,编辑为一册,详加校勘标点,并附以作者事略和书家评论,题名为《书学名著选》,以此作为书法课的辅助教材。该书于1979年由著名书法家沙孟海(1900-1992)先生题签,由开封市书学研究会印刷发行。另外他还编有《书法源流表》,旨在让学书者系统地掌握书法史知识。正是由于他与书法界的通力合作,开封市乃至河南省的书法艺术活动很快呈现出勃勃生机,并在国内书坛上产生了很大影响。从此以后,于安澜便与书法结下了深厚的情缘,甚至成为开封书法界的标志性人物之一。

作为一名以古文字学为专业的书法家,于安澜对于汉字结构、意韵的认知要比一般书法家深刻许多。他一生写字大多是用毛笔,尤其用小楷写的各种手稿书信,可谓是炉火纯青、古朴典雅。他的楷书结构严谨、遒劲有力,行书流畅自然、功力不凡,尤其是篆书,笔道圆润、端庄秀美,令人赞叹不已。除了书写外,他对于书法的源流、演变、流派、各代书法家的传略以及书学理论等,有着广博的认知和深入的研究,因此,他的书法作品章法井然,底蕴深厚。

于安澜行书　为周善治山水画题诗　1981年

于安澜对待书法的态度很是严肃认真,他认为练习书法要从楷书入手,要临摹名家的碑帖,只有楷书达到了相当的修养,才可以逐步去写行书、草书,再慢慢地形成自己的书法风格。对于社会上那些连楷书基础都没有打好就急于"创新"、力求自成一体的做法,于安澜一向持否定态度;书法、艺术界那些浮躁、狂怪的现象,他也从不赞同。在重视书法功底的基础上,他还十分看重书法家的学问素养,主张师法造化,在传统的优秀书法艺术基础之上追求自然创新。于安澜对待书法和艺术的这种精神与态度,放在今天乃至未来,仍将具有十分深远的意义。

1976年春,开封市书法家协会与杭州书协举办了第一次书法交流、互展,作为开封市书法代表团成员,于安澜亲自到杭州、上海、苏州、南京等地与江、浙著名的书法家、篆刻家进行学术交流。在杭州期间,他们曾拜访了全国著名书法家沙孟海,沙先生名文若,字孟海,出生于名医书香之家,年轻时曾从康有为、吴昌硕、马一浮等学书法篆刻,兼擅篆、隶、行、草、楷诸书,他所作的榜书大字,雄浑刚健,气势磅礴,素有"海内榜书,沙翁第一"之称。他曾在蒋介石政府任秘书,1949年拒绝入台,留在了杭州,1963年任浙江美术学院国画系书法教授。沙先生学问渊博,对于语言文字、文史、考古、书法、篆刻等诸多方面均有深入研究。这两位古稀老人相见,惺惺相惜。三年后,于安澜的《书学名著选》一书付印,沙先生亲自为之题写书名,也是书法史上的一段佳话。

在上海期间,开封代表团与当地书法界的知名人士进行了交流。于安澜还特地到复旦大学拜访了自己的老朋友,植物病理、植物病毒学家王鸣岐(1906－1995)教授。王先生也是滑县人,被誉为中国研究粮食作物微生物学、种子生理科学的带头人。他于1928－1932年就读河南大学农学院森林系,毕业后留校任教,1934－1937年在美国明尼苏达大学获得硕士、博士学位,1937－1949年返回河南大学农学院任教。1949年后任东吴大学教授、江南大学教授,1951年到复旦大学任教。这两位兼同乡、同学、同事关系的老友相见,分外高兴,回忆起了不少往事。

在苏州期间,于安澜曾到全国著名书法家费新我(1903－1992)先生家中拜访,费先生师从陈秋草学习西洋画,又跟随潘思同学习水彩写生。1958年,正当其艺术生涯处在黄金期时,右手腕患病,经过多方诊治都无法恢复,他便开始转用左手习字,以临汉魏碑刻为主,同时还学习书法理论,成为最为杰出的左笔书法家。这两位年龄相仿的老人相见甚欢,当场挥毫,互赠书法作品留念。离开苏州后,于安澜等人又来到无锡,游览了太湖鼋头渚、蠡园等风景名胜。之后又到镇江,游览了金山、焦山。此后又到南京,拜访了画界老友、河南籍著名画家魏紫熙、李剑晨等。这趟书法之旅、文化考察,内容充实且丰富,让于安澜极其开心,也更增加了他对书法的热爱。

步入晚年的于安澜一直在书坛上耕耘不辍。1979年,他的书法作品《庆祝建国三十周年纪念写杜工部戏为六绝》入选全国第一届书法篆刻展,1981年还被收入人民美术出版社出版的书法作品集中。从70年代至90年代,尽管国内、省内的书坛经历了种种变迁,但于安澜始终以一个学者的身份泰然处之。他淡泊名利,反对炒作,从不介入书法界的任何门派,也从不去贬抑任何人。他对待书法艺术像对待学术那样认真投入,把学术界的良好风气带到了书法艺术界,从而影响了一大批人。

于安澜一向主张书法、篆刻要有扎实的功底,对获奖、名利一类从不看重。有次河南省书法大赛后,固始的雷云霆先生和

第五章 阴霾渐消，影响大增（1970—1979）

新乡的李先生前来开封拜会。于安澜热情地让家人准备饭菜款待，还让篆刻弟子祝仲铨前来作陪。雷云霆写得一手小楷，李先生擅长魏碑，但这次大赛都没获奖，二人很有些沮丧。于安澜随口聊起来："他们（大赛组委会）来信，叫我写书法作品，我就写了寄去，不问结果。我是只讲耕耘，不问收获啊！""只讲耕耘，不问收获"是于安澜对待学术和艺术的态度，也是他对青年后进的宽慰和劝勉。他真诚地对两位失意者说："两位的作品我看了，我觉得很不错。这次无缘红榜，下次再来。两位在小楷、魏碑方面都有扎实的功底，这是难得的雄厚资本。现在有一种不好的风气，有一些年轻人，书法功底不深，甚至笔墨还没有掌握，就大着胆子去写草书，还居然被一些人赞赏，被评了奖。这种风气，对青年人的书法学习很不利。所以我相信，这种风气不会持续太久。我主张书法比赛无论参赛者所书何体，属何风格，都要同时附一件楷书作品。我当然不是把楷书作为书法的唯一基础，但至少从其楷书作品能够看出他运笔用墨的基本功来。"于安澜对勤奋好学、门径端正、功底扎实的年轻人充满了肯定、关怀和鼓励。

还有一次，于安澜把祝仲铨叫到家里来，拿出两封信给他看。一封是外省一位有名气的教授写来的，说一位青年书法家将已展出的作品集结成集，付梓前，想请德高望重的于安澜教授写篇序言，因这位青年书法家不认识于先生，特请他说项。另一封信，是那位青年书法家写给于先生的。这位青年书法家作品展出时，京城某报做了宣传，用整版篇幅选刊了部分作品。祝仲铨曾看过这版宣传,实在不明白这种水平一般的书法怎么得到如此宣扬。待他看了那位青年书法家用毛笔写给于安澜的信,更是没有好感。因为那封信写得实在不像样子,用笔缺乏最基本的训练,或者说根本就没有登上书法的门径。于安澜把祝仲铨找来,就是想看一下他对此事的态度。祝仲铨直率地说:"您常给我说,无论搞艺术还是做学问,都要把基础做扎实。您看这位,毛笔字的信写成这样,还要出版书法作品集。我建议,不给这个人作序,否则就会误导更多的青年人,助长书坛不正之风。"于安澜听罢,转身于回屋拿出几页纸——那是他写的几句关于书法的诗和"未能如命、表示歉意"的回信。尽管于安澜一向随和、宽容,一心关爱、扶持青年人,但是面对这样的请求,他最终还是拒绝了。宽厚待人、提携后进与坚持原则、坚守底线在于安澜身上得到了完美的结合。①

在中国传统的艺术门类中,书法、绘画、印章可谓三位一体,一幅绘画作品往往三者俱全、缺一不可。于安澜对这三种艺术的热爱,源自早年的熏陶。上大学期间,他把诗、书、画、印作为读书之余修身养性的工具,作为治学之道的一种调剂,曾经下过很深的功夫。在北京读书、寓居的时候,也曾坚持不懈,还得到齐白石、萧谦中、黄宾虹等京城大家的指点。此外,他终生保持着使用毛笔书写的习惯,长年不离文房四宝,平素赋诗、作文、著

---

① 祝仲铨:《和风细雨育禾稼 一代宗师泽后学——缅怀恩师于安澜先生》,《大学书法》2021年第4期。

书、立说,皆习惯用蝇头小楷。

心性恒定专一,再加上多年勤奋不辍,进入中年以后,于安澜的书法、篆刻更是达到了炉火纯青的地步,不仅功力深厚,而且格调高雅隽秀,充满了文人气度。他的行、楷师法二王,兼得明清文徵明、董其昌、王文治等诸家风范,用笔刚柔并济,结构严谨,端秀洒脱。他的小篆上溯周秦玉箸体,下及明清各派,受益于王福厂的用笔结体。晚年以来,更是独辟蹊径,篆法圆润舒展,笔势瘦劲,气韵沉着细腻,又流通顺畅。尤其喜欢以工仗严整的古诗词集联,书文并茂,观之如闻金石之声,被许多人奉为珍品。值得一提的是,于安澜的篆刻功力非凡,这也得益于他深厚的小篆功夫,有时也间取钟鼎文字,或拟汉白文和三晋朱文入印,亦取法皖派、浙派的治印风格,印文布局平稳,丰润浑厚,古朴典雅。于安澜先生一生所制之印保留下来的并不多,仅存印谱一百余方①,有自用的印章,有给亲友的印章,还有给一些图书馆刻的藏书章,无论阴文、阳文,皆细腻遒劲,个个堪称佳作。

人书俱幼

平原师范学院图书馆印

于安澜篆刻

① 王蕴智:《字学论集》,河南美术出版社,2004,第454页。

于安澜篆刻

（二）

除了热爱学术和艺术外,于安澜对大自然也充满了热情和喜爱,这种热爱几乎伴随了他的一生。80年代以前,人们的生活水平都比较低,旅游还是件稀罕事儿,于安澜却早早意识到旅游的重要性。他切身感受到,当一个人真正融入大自然中,触摸到造物的丰富变化时,可以更好地丰富心灵、激发情感。于是,他在教养孙辈时,常常根据季节的变化带领他们出游:春天到郊外踏青,夏天去农村看成熟的麦子,秋天去赏菊花、看落叶,冬天赏雪、探梅。最远的一次是春天带他们步行十几公里,到柳园口看黄河以及镇河的铁犀牛。站在黄河岸边,看到滚滚东去的河水,看到飘飞舞动的柳絮,孩子们开心不已。几十年过去了,他的外孙刘仲敏还能清晰地回忆起少年时代在杨家湖畔、在假山(现已建成开封翰园碑林)嬉戏玩耍的场面,还有在河南大学东一斋后面的草丛中捉蚂蚱的情形。这些少年时代天然、美好的记忆,都是于安澜带给孙辈们的精神财富。

1973年,外孙刘仲敏考上开封二中上高一,孙儿于军凯在读初二。学校第一次举办数学竞赛,仲敏考了全年级第一名,军凯考了全年级第五名。于安澜得知后非常高兴,多次大加夸奖,使他们受到了极大的鼓舞和鞭策。外孙女刘小敏自小学到中学都是品学兼优的尖子生,在外祖父的指点下坚持学习绘画,打下了良好的美术基础。初中毕业后,由于出身"右派"家庭,于1971年到开封郊区下乡插队当了知青。农闲时节回到家,外祖父仍指导她学习文史知识与绘画。1976年,刘小敏结束插队回到城中当了工人,在厂里写宣传报道、画墙报、画刊头都是她的拿手活儿,而这些本事,都离不开外祖父的悉心培养和调教。

1976年10月粉碎"四人帮"之后,国家命运发生了历史性的转折。"文化大革命"宣告结束,笼罩在中国人民头上的阴霾终于消散。在邓小平同志的领导下,开始了拨乱反正和经济建设。此后,于家的命运也发生了根本性转变:

1979年,大女婿被错划为右派得到改正,大女儿采蘅也恢复了公职。

大儿子静山在"文化大革命"初期被打成"反革命",经历了6年牢狱之灾。这件事对全家打击很大,于安澜头一天晚上闻讯后心情沉痛,第二天早晨曾一度不能下床行走。1979年,静山的冤案终于得到平反并恢复公职。

二儿子蕴山1954年武汉大学水电学院毕业后,分配到北京交通部工作,1957年因家庭出身不好,被调到新疆交通厅支边。1973年又从新疆调到交通部广州航道局工作。1975年的夏天,于安澜携外孙女刘小敏前往广州看望蕴山一家,并到中山大学拜访了老朋友容庚教授、刘节教授。返程时,他特地从广州绕道广西,饱览了闻名天下的桂林山水。返汴途中,遇到河南驻马店地区洪水暴发,京广线中断,几经周折,终于绕道襄樊回到开封。

小女儿采芙1966年郑州工学院土木建筑专业毕业,同样因为出身不好,被分配到安徽灵璧县城建局工作,1976年于安澜特地前往灵璧看望小女儿。1978年,小女儿调往北京市园林古

第五章 阴霾渐消，影响大增（1970—1979）

建筑设计研究院工作，并在北京安了家。

1977年12月恢复高考后，自幼跟随于安澜生活的外孙女刘小敏和外孙刘仲敏分别考入了开封师范学院和华南理工大学，于安澜见到通知书后欣喜万分，一路哼着小曲向夫人报喜，由于政治原因自幼失去父爱的外孙、外孙女，在老两口的悉心教养下终于成材了！

家长是孩子最好的老师。多年来，于安澜为四个子女以及第三代的教育，倾注了大量心血。他不仅给子孙们传授了大量的文学、历史知识，更是用自己的一言一行，潜移默化地教育后代们如何做人，如何遵守家庭和社会的道德准则，如何严于律己、宽以待人，如何淡泊名利，宁静致远。在他的家教和人格魅力影响下，四个儿女和孙辈们都很出色。

不幸的是，1979年初，于安澜的夫人赵心清女士因病辞世，享年78岁。夫人的离世有些突然，其中有一半原因是出于对丈夫的关爱与牵挂。于安澜当时患了肠炎，因病情严重，被送到155部队医院。夫人在家担心牵挂，其实她的身体也出现了不适，为了不让家人分心，她尽量忍着，不料病情很快恶化，还没有等到丈夫出院便溘然离去。家人怕于安澜过度伤心影响治疗与康复，便一直瞒着他。直到要安葬之时，究竟是回老家还是留在开封，家人觉得必须征求他的意见，便请了一位老朋友到医院慢慢向他透露了消息。同时，还请医生陪伴在旁，以防不测。其实，睿智的于安澜早已通过家人的行迹和情绪觉察到了，但他一直没有多问。如今一切挑明了，他便表态说老家已没有什么人，希望夫人长眠在开封,方便祭奠。

自18岁成家以来,60年的风风雨雨,赵女士可谓是于安澜的贤内助。他年轻时外出求学,夫人默默照顾好家中的一切,让他没有任何后顾之忧。新中国成立前的战乱以及新中国成立后的各种运动中,夫人总是用自己的勤劳、善良,为全家人带来踏实和温暖。赵女士出身乡绅之家,家风传统淳正,她虽不识字,却擅长女红,精通厨艺,把全家人的衣食打理得妥妥帖帖。寒冷的冬天,她为丈夫缝制的耳暖分毫不差。于安澜喜欢绘画、书法,有些作品装裱成卷轴,她便专门用缎子和布做成双层的袋子来装卷轴,那些手工缝制的袋子精美、周正,与书画卷轴相得益彰。他们夫妇虽然学识、文化上差距很大,但生活上一直十分默契。民国以来的文人、学者,尤其是著名人士,许多人的爱情、婚姻都充满了戏剧性。于安澜也是从民国走来,他的婚姻虽是标准的父母之命、媒妁之言,却单纯、和谐、稳定,堪称传统婚姻的典范。如今,相濡以沫六十载的老伴突然撒手而去,他觉得心似乎被剜去了一块儿,好在有贴心的大女儿和乖巧的外孙女随身陪伴着,给他以无微不至的关心和照料,使他化解了悲痛,又全身心投入到未竟的事业之中。

(三)

经历了多年的曲折发展后,党和国家痛定思痛,把工作重心从原来的阶级斗争模式转移到了现代化经济建设上来。在十一届三中全会之后,拨乱反正,确立了改革开放的方针路线,国家

第五章 阴霾渐消,影响大增(1970—1979)

走上了以经济建设为中心、提高人民生活水平和文化教育水平的康庄大道,知识分子政策也逐步得到落实,文化教育事业全面复苏。看到眼前这一切变化,于安澜心中既感慨又振奋。感慨的是自从1939年离开北平返回河南后,他已整整走过了40年的风雨路程:抗日战争中回乡教读,解放战争中跟随母校南渡北归,新中国成立后辗转数地,长期遭受政治歧视……客观来看,这40年,于安澜与国家、学校的命运是一致的,一直是在艰难、动荡、不安中曲折前行。40载春秋,使他从壮盛之人变成了年近八旬的老人。对于这样一位心性纯粹、学养深厚、专心投入、立志于弘扬民族传统文化的学者来说,如果这40年是一段稳定祥和的时光,那么他将拥有一种什么样的人生?将会给社会带来什么样的学术成果和文化贡献呢?

往事如烟,一向心性淡泊的于安澜对于往昔并没有什么不平与哀叹。长期的逆境遭遇,使他更善于修炼内心、完善自我。当寒冷的冬天过去,饱经风霜的人最能感知到春天的温暖。1979年2月,开封师范学院更名为河南师范大学。当时的河师大和全国高校一样开始振兴教育,各项工作都纳入到了以教学、科研为中心的轨道上来。面对新时期的新气象,于安澜很是兴奋,心中充满了希望。被政治环境压抑了多年的他,卸下包袱,放开手脚,重新投身到学术研究中。此时,他自30年代来所积累的学术成就,曾经在古汉语、文字学、音韵学、美术史等领域作出的各种贡献,逐渐被周边的人们所认识,得到了应有的尊重和推崇。尤其是经历了"文革"的磨砺后,他渊博的学识和淡泊高洁的独立品格更是被广大师生所敬仰。从那时起,无论老师、领导,还是年轻学子,都亲切地称他为"于先生"。

按道理说,此时的于先生已经78岁,到了离休年龄,本可以在家坐享清福,颐养天年。然而此时他心中对生活、对学术的热爱刚刚复苏,同那个时代众多有识之士一样,非常渴望把政治运动中耽误的时光追回来,因此,于安澜有种时不我待、快马加鞭、奋发向上的劲头。他曾真切地说:"及'文革'动乱起,十年光阴,因之蹉跎,举国浩劫,夫复何言?自拨乱反正,人心振奋,人虽暮年,仍乘夕阳之余晖,补光阴之流逝,惟希天假之年,为'四化'再作努力耳。"①由于对拨乱反正后的国家和社会怀着无限的希望,于安澜愿意把自己有生之年都无私地奉献出来,以报效祖国的振兴。中国传统的士人群体中,历来都不乏浩然之气者,他们从不会为一己私利而苟且奔迎,而是"为天地立心,为生民立命,为往圣继绝学,为万世开太平";他们"穷则独善其身,达则兼济天下",在逆境中坚守自己的内心,在顺境中为社会贡献自己的才华……这种精神,在于安澜身上有着良好的传承和体现。

当看到改革开放之初百废待兴,尤其是文化教育事业青黄不接、后继乏人的状况,他心急如焚,觉得自己该做的事情太多。除了著书立说、完成自己相关的学术计划外,于安澜还考虑到为

---

① 于安澜:《于安澜自述》,载高增德、丁东编《世纪学人自述》(第二卷),北京十月文艺出版社,2000,第170页。

了提高学校的教学质量,自己有必要重返讲台,把积累了大半个世纪的知识精华都无私地传授给新时期的大学生们。在久违了24年之后,于安澜于1979年再一次登上讲台,为恢复高考之后的第一、第二届大学生讲授文字学。由于年事已高,听力有所下降,为了保证课堂效果,他专门配置了助听器,而且坚持站着上课。在讲坛上,面对着台下一双双求知的眼睛,于安澜如同涸辙中的鱼儿回归到江海中,充满了兴奋、舒畅、自如之感。

第六章　余霞成绮,再放光芒
（1979－1992）

　　随着国家经济建设的发展和社会的进步,河南师范大学为了改善教师生活条件,在学校南门外新建了教师住宅区。1980年夏,于安澜携大女儿采蘅及外孙女刘小敏等从居住了长达30年之久的开封市花井街3号搬出来,乔迁至南宿舍区新建成的3排7号教授楼中,这是座上下两层带小院的房子,条件比以前好了很多。1982年1月,外孙女刘小敏从河南大学(开封师范学院)历史系毕业,成绩十分优秀。周边许多人都建议于安澜去找找领导,让外孙女留校,也方便照顾他。于安澜虽然内心很希望自己一手调教的外孙女能留在身边,以他的名望和影响,以小敏的学习成绩和综合表现,找领导提一下,留校应该不是什么难事。但是他一辈子正直刚方,从不曾为自家私事去求过任何人。小敏深深了解外祖父的心性与品格,不希望老人有一丝一毫的为难,所以她积极服从分配,到开封市二十五中当了一名中学教师。直到三年后,河南大学出版社筹建需要编辑人才,才把她调了过来。后来,她凭着扎实过硬的业务素质、踏实认真的工作态度,成了单位骨干,所编图书多次荣获国家级、省级优秀图书奖,她也被评为河南省首届十佳出版工作者、优秀中青年图书编辑,还兼任河南大学新传院出版编辑学的硕士生导师。

于安澜是个心性淡泊、物质欲望很低的人,由于前半生经历过各种战争与灾难,深知生活的艰辛,因此多年来一直保持着艰苦朴素的生活习惯。他早先曾为王力教授刻了一方印章,王先生便赠送他一盒人参作为回报。于安澜从没有服用补品的习惯,一直也不吃,结果一盒人参放了多年,全都生了虫子。家中还有一铁盒东北新开河人参,也不知何人所送,在柜子里放了十几年也从未动过。搬到新房子后,他依然保持着十分简朴的生活,整栋房子中除了必要的几样家具外,就是满屋子的书籍以及笔墨纸砚等文化用品。

(一)

新家距离单位很近,往来上课更加方便了。此时的于安澜虽已步入杖朝之年,但他老当益壮,精神饱满,心态越发年轻,在教学以及学术研究上都十分投入。早在1963年,当《画史丛书》出版之后,于安澜便有意继续与上海美术出版社合作,准备编纂出版另一部美术史著作《画品丛书》。可惜这一学术计划因1966年开始的"文化大革命"而被迫中断,但实际上他一直没有放弃相关文献的收集、整理,默默地做了大量的资料准备工作,即使在"文革"期间,当环境稍有松动的时候,一旦有机会,他便想办法躲在家中完成有关资料的整理和书稿的誊写。炎酷的夏季,屋里闷热难耐,他便在花井街3号院自家的房檐下,坐在小木凳上,以椅当桌,一丝不苟地工作。就这样,坚持辑录整理出从南北朝至元代有关记载画迹的著作13种,编著体例与《画论丛刊》《画史丛书》类同。"文革"结束后,文化出版逐步走向正常,《画品丛书》由著名画家刘海粟题签,1982年由上海美术出版社正式出版。

《画品丛书》出版之后,与其早年编著的《画论丛刊》《画史丛书》形成一个传统画学文献体系,可谓中国现代学术史上整理发掘中国画学遗产的重要成果,对中国美术史的研究具有极高的学术价值。这部画论新著的问世,更加丰满了于安澜作为美术史家的形象,也使得他在国内美术理论界享有很高盛誉,以至于后来国内许多媒体以及各种名人辞书中对他进行评价时,无不冠以"著名美术史家"的称谓。然而在于安澜看来,这不过是完成了自己应该做的一项"副业"罢了。回顾相关工作,他感到有不少遗憾,但由于年事已高,加之还有古汉语专业的教研工作,他已经没有太多精力去搜集整理相关文献,因此《画品丛书》里只收录了元代以前的13种画论,明清部分付阙。于安澜怀着强烈的责任感,在该书的《前言》中对美术界后学寄予了殷切的期望:"余已由花甲之年,进入耄耋,衰老已届,精力有限,倘非十年之动荡,此类遗产即出三辑四辑亦早行世。时间空过,计划无成,自当再鼓余劲,尽力而为;更望艺林同好,予以接力,俾吾国美术史料,早日完成。"于安澜对于学术的投入,不是出于一己的名望利益,而是为了完整的学科构建。这种学术态度和学术精神,着实令人感佩。

第六章　余霞成绮，再放光芒（1979－1992）

于安澜的部分著作

（二）

自30年代以来，于安澜在画论方面的学术成果，也滋养了许多美术工作者。郭绍纲教授便是其中之一。郭绍纲(1932－　)，笔名享邑，北京人。1953年毕业于中央美术学院，并任教于武汉中南美专，1955年在苏联列宾美术学院学习油画。1960年，人民美术出版社重新出版了于安澜两卷本的《画论丛刊》。这年夏天,刚从苏联列宾美术学院留学归国的年轻画家郭绍纲回到北京,打算暂作停留后到四川结婚,他的老同学夫妇买了一套刚刚重新出版的精装本上下卷的《画论丛刊》作为结婚礼物送了过来。郭绍纲翻阅起来,发现这是一部关于中国画学的全面而系统的编著成果,顿时爱不释手。

从那时起,这套书就成为他经常翻阅、学习的心爱之物。后来,郭绍纲逐渐成长为我国著名的画家、美术教育家,任广州美术学院院长、教授,并出席中国美术家协会第四次全国代表大会,当选为理事。1986年起历任国家教育部艺术教育委员会第一、第二及第三届委员、专家讲学团成员。1992年被聘为国务院学位委员会艺术学科评议组成员。1999年被俄罗斯列宾美术学院聘请为名誉教授,还荣获了俄罗斯政府文化部授予的普希金奖章。回顾自己的美术之路,郭绍纲认为能够在年轻的时候得到于安澜先生的《画论丛刊》实在是人生中一大幸事。

1981年深秋,郭绍纲教授应河南大学美术系之邀到开封讲学,并举办个人作品观摩展,终于与心仪二十多年的于先生相见。这时的于安澜已八十高龄,仍热情地出席讲座、参观画展,并设家宴邀请郭绍纲相聚,这两位因《画论丛刊》而得缘的学者结下了忘年之交。郭绍纲返回广州后,写下一首诗向于安澜表达谢意并祝贺新年,诗曰:"师翁画论编,习久悟翻然。本末易颠倒,形神难备兼。讲学数日客,领教一席间。厚待勉新辈,念深唔蔼颜。"不久,郭绍纲接到于安澜的回函,并以长诗相赠:

瑞雪飘窗帷,门来绿衣使。递我岭南书,展阅欣然喜。

第六章 余霞成绮，再放光芒（1979-1992）

环诵寄怀诗，铿锵叶宫徵。推评增惭愧，款待实粗俚。自念治艺术，虽以幼童起。但少基本功，更少精深理。羡君得天厚，留学行万里。博阅名家论，多览佳山水。载誉还祖国，美院拥皋比。讲学遍南北，门墙蔚桃李。百幅展高楼，来宾叹观止。欣赏不忍释，尤希罗韭凡。特寄昔日照，珍重托双鲤。愿借生花笔，写我壮年美。

于安澜在诗中娓娓道来，从瑞雪时节收到岭南书信的欣喜，回顾了自己幼年时对美术的喜爱，更对郭绍纲博阅名家、学贯中西给予了高度赞美。诗歌的末尾，邀请郭绍纲为他画一幅壮年时期的肖像，还附寄了一张当年的照片，照片背后用钢笔加注："1930年摄于开封北书店街美丰像馆，时年二十九岁，安澜题记。"原来，郭绍纲在开封讲学期间，曾为美术系的绘画教师作了油画人像写生示范，画的是一位老人头像。在与同行交谈中，流露出想为于先生作一幅写生肖像的意思。写生需要长时间面对面观察与创作，对于短暂交流的郭绍纲来说显然不太可能，因此于安澜寄照赋诗，请他按照片画下自己"壮年"时的样子。

面对前辈的信任与肯定，郭绍纲十分重视，教学、教务之余，利用节假日勤勉创作，终于在暑假时完工，还托人送到了开封。不多久，收到于安澜回函，称："喜之不尽。这些天凡访者见之，交口称道，笔端造化足以返老还童延朱颜于无穷也。"1982年7月中旬，郭绍纲收到于安澜寄来《画品丛书》一册，用毛笔题签。1985年元月上旬，于安澜又托在广州工作的亲人，捎给他一套《画史丛书》，共五册。这些诗、画、信、书的往来，足可见八旬的于安澜对生活的热爱,对晚辈画家的欣赏、鼓励。

1995年春天,郭绍纲应邀到山东讲学,专程转到开封,来探望多年未见、一直心存敬爱的于先生,两人提前约定直接到河南大学南门外的家中相见。这时候的于安澜已94岁高龄,虽然十余年未见,但在郭绍纲眼中,敬爱的于先生依然音容未老,精神矍铄,谈笑风生。在郭绍纲的请求与建议下,于老与陪行者一起在室内、室外合影留念,还亲自在一本册页上留下了书与画,书法是他为庆祝建党七十周年而作的一阕词,调寄《千秋岁引》,词曰:"嘉兴南湖,彩雕艇子。志士十三会于此。沪杭虎狼何处寻,遥望楼阁浸烟水。有谁知,星星火,竟燎起。五次'围剿'追万里。草地雪山艰无比。到处人从如归市。雄关名镇传檄定,开展建设城乡美。七十年,国家富,人民喜。"配画是长在岩石上的一株松树,劲健且茂盛。九旬老人原创的诗、书、画,实在是难能可贵,这幅册页,饱含着于安澜对友人的浓浓情意,也展现着老人对艺术的拳拳挚爱。

回到广州,郭绍纲马上把合影冲洗出来,并随信寄往开封,信中除了表达感谢与祝福外,还希望于先生能谈谈自己的从艺治学经历。过了一个多月,回信到了,是毛笔行书,足足有6页纸,共85行,约1800字。这位世纪老人,从自己的幼年谈起,谈到与美术结缘,谈到中学、大学时期积极参加书画活动,以及自己业余时间丰富多彩的艺术生活。这封长信,无论书法还是内容,都气韵连贯,饱含着激励后学的精神力量,给了郭绍纲许多启发。在他看来,于安澜先生的求学经历,完全可以作为了解中

第六章　余霞成绮，再放光芒（1979—1992）

国现代教育发展史的一个窗口。于安澜和郭绍纲，这一对年龄相差三十岁的忘年交，因画论而结缘，因艺术而相交，构成了当代画坛上的一段感人故事。

郭绍纲教授曾说："四十多年来，还没有一本书像《画论丛刊》那样使我爱不释手。"谈到阅读《画论丛刊》的感悟，他又说："中国绘画传统丰厚而深奥，须要有心志者去挖掘，怎样继承与弘扬，也可以在诸代画论中找到答案，即要摆正师人、师迹、师造化的关系，才能在实践中有所发现，有所创造。"①于安澜无疑就是这样一位有心志者，他对传统画论的整理之功可以说是泽被后人：1960年后，再版的《画论丛刊》简编本被定为全国美术院校青年教师与研究生的必读参考书；1978年，该书经香港中华书局翻印，风行于东南亚各国，成为喜爱与研究中国传统绘画艺术的外国人士的必备典籍。2004年10月，于安澜所编的《画论丛刊》被列入"中国美术1900—2000百年纪事"。

（三）

除了编纂画论之外，于安澜对文化学术事业也很热心。1981年5月，中国训诂学研究会成立大会暨第一次学术讨论会议在武汉举行，出席会议的代表147人，有老中青的训诂学工作者。1982年11月，苏州召开中国训诂学研究会年会，到会学者

---

① 郭、于之交，参见郭绍纲：《文艺师友　学者风范——记于安澜先生与我的忘年交》，载张生汉编《于安澜先生纪念集》，河南大学出版社，2009，第18-24页。

达200人,盛况空前。于安澜作为学会发起人之一,应邀前往参加。主席台上就座的有《古代汉语》主编、学术权威王力,北京师范大学的许嘉璐等著名人士。人们惊异地发现,一位布衣布鞋、农民穿着的老人也端坐在主席台上,便纷纷打听此人是谁。当他们得知这就是30年代就编著出版了《汉魏六朝韵谱》,王力曾为其撰写书评的于安澜时,惊叹不已。于安澜一生素朴,对于衣着、饮食从来都是抱着简约素朴的态度。改革开放之初,当人们纷纷摆脱蓝绿上衣,追求鲜亮美丽的时候,他依然是布衣、布鞋、布帽,简朴如初。这次会议上,于安澜和自己的老朋友——北京大学王力教授一起当选为中国训诂学会顾问,北京师范大学的许嘉璐教授任秘书长。在这次苏州会议上,于安澜先生提出了一个议题,准备筹划召开一个全国性纪念许慎的学术研讨会。

自改革开放以来重返讲坛,于安澜精神矍铄,全身心地投入到文化教育事业中。他过去常说:"古人为文,向重词汇。他们几千年前就懂得'言之无文,行之不远'和'辞达而已矣'的道理,十分重视辞藻的学习。所以历代官府都组织编纂如《初学记》《艺文类聚》《渊鉴类函》以及《世类统编》《幼学故事琼林》等类书,但这些书的编辑方法多不便今日使用。"在这种思想指引下,他在研究古文字和音韵的同时,对词汇也很重视。早在全面抗战之初客居北平,在汇文中学教书时,他为了给年轻人学习古代汉语提供方便,就曾尝试编纂《词汇手册》。"文革"结束,大学恢复正常教学秩序后,先生又进一步提出:"语文工作者要

第六章 余霞成绮,再放光芒(1979—1992)

整理语言遗产,丰富人们的语汇,激发人们的天才灵感,提高人们巧妙使用祖国语言的能力。"

1983年,于安澜撰写的《漫谈古代的名言隽语》一文,发表在《河南师范大学学报》第2期上。他认为散见于历代古书中的各类名言隽语,在不同语言环境中有丰富的内涵与格调:或词严义正,针砭时弊;或凛凛正气,侠义忠肠;或神妙应变,从容不迫;或臧否人物,切中肯綮;或诡怪谲智,幽默滑稽;或位字遣词,增加美感,开修辞之门径。这些经典语言皆体现着华夏民族之特色,不仅能陶冶人的情操,还能启迪人们的智慧,令人抽绎无穷,玩索不尽,从而开启语言之法门。因此应该把这些名言隽语视为民族文化之瑰宝,深入全面地加以发掘、整理。

年逾八旬的于安澜在专心于学术和教学的同时,对于学科的发展建设也做出了巨大贡献。1983年,学校中文系古汉语教研室凭借他的学术影响,与本教研室的赵天吏、张启焕等教授组成学术带头人群体,顺利通过了国务院学位委员会硕士授权点的评审,从而成为国内高校中较早具有招收汉语史硕士研究生资格的学术基地。作为硕士生导师,于安澜连续招收了数届研究生。通过他细致入微的言传身教,以及教研室诸位老师的大力配合,中文系分别在文字、音韵、训诂等方向为学界培养出了一批高层次的专业人才。

自从孩童时期在家塾学习起,于安澜便诵读了大量的古代典籍名篇,到了大学及研究生阶段,更是在传统语言文学领域下了很多功夫。几十年来,卷帙浩繁的传统文献经典是他道德修养和学术修养的源泉。走近他,人们会觉得古代先哲的言行以及那些流传千古的治学格言、做人警句就像是折射他思想言行的一面镜子。聆听他讲话,就感觉到一位质朴睿智的历史老人,出口成章,妙趣横生。他常常将话题切入到浩瀚的古书中,把一幕幕历史场景、一个个人物典故、一种种哲理阐释得行云流水,令人置身其中,心领神会。于安澜对于历代经典、正史、野史、笔记杂著简直了如指掌,对于古代语言菁华信手拈来,而且能够从中体现出自己独到的思想见解和新颖的欣赏视角。听他讲话的人,总是不由自主地被吸引,甚至沉醉,以至于忽略了他浓重的方言语音。得过于先生亲炙的学生们都对他的渊博佩服得五体投地,在学生眼中,他就像一部浩瀚的工具书,只要有问题,只要去询问,就可以得到解答。有人曾记录过于安澜与研究生的一段对话:

学生问:"六书"中的"转注"您是怎么看的?

于答(一字一板地):"转注"一词是在"六书"中讲法最为分歧的,有"形转""意转""声转"三大派。就中以"形转"最为肤浅,是很少支持者。其他两派也都能持之有故,言之成理……比较掌握许氏精神者,要数意声兼转的说法。主说认为转注的造字,是先注意声符的含义,求其就意配搭偏旁,要在这同一声符下,含有相通或近似的字意。如"止",《说文》训"下基也"……"阯"是住止,"沚"是"水所

第六章　余霞成绮，再放光芒（1979－1992）

停止","祉"是"福的停止"。①

1984年5月,河南师范大学再度更名,重新恢复了新中国成立前"河南大学"的校名。同年,于安澜被任命为河南大学古籍研究所所长。他根据自己长期在阅读和研究古代典籍方面的经验,为学校的古籍整理工作提出了新的规划。这一年暑假,他还应邀撰写了七千余字的自传,回忆了从私塾到中学、大学、研究生的求学经历以及后来的教学及学术研究,至于50年代至70年代所遭受的种种不公正待遇却并没有提及,由此可见他的达观与洞明。在自传的末尾,这位82岁的老人如此总结:

> 总之,人生百年,已届耄耋,回首前尘,深惊迅速。个人计划无论受时局之影响,或由眼光之拘限,虚度岁月,无能挽回,惟念自束发受书由家塾进入学校,大半世纪未离书城一步,无论编辑资料和学术考证,所著之书中外书店亦常印行,若对青年学者说无可告者,未免过谦。此略举几点,以作此七十余年之总结,幸曾阅吾书者有以匡正之也。
>
> （一）中小学无论矣。在大学时期重在旷观学海涯涘,获得基础知识,又阅读目录各书来扩大知识面,于大家名著,多所涉猎,不主一家,转益多师。由各名家之言论得知文字音韵为考据之主要本领,不能掌握此类知识,则对文字上之障碍,无能为力。幸乾嘉诸老,已寻得许多法门,未开

---

① 梁苑马:《但留清馨在人间———国学大师于安澜先生写真》,http://observer01.blog.sohu.com/130108466.html。

辟之荒地，尚待后人努力。当时以三十壮盛之年，精力充沛不畏险阻，汉魏中古音韵，竟敢独任其难，虽老辈深虞折膑废于半途，亦悍然前行，终于掘井得泉打通此道，虽有疏落之处有待修正，而以此一鼓作气、勇往直前之精神，愿做识途之老马，为青年重谈当年上路之崎岖也。

（二）解放后由于教育蓬勃发展，学校大量增多，教师培养任务繁重，而青年因经抗战、解放战争，学业多已荒废，基础薄弱，亟需取精用宏，掌握实用知识。为切合实用，我首先从常见之书、习用之文辑录，以利于青年扫除文字上的障碍，不务高深，重在实用，此《古书文字易解》之作自觉尚能紧跟需要。

（三）社会前进一日千里，革旧更新贯彻到任何部门、每个角落，不仅要引进先进技术，还要和旧有相结合。就文化遗产来说，工农建筑各技艺著作，多散见于各大丛书中。在封建社会亦惟有世家豪门、官僚地主才有力量购书收藏，其插架庋阁，虽起自个人欣赏之乐，给子孙诵阅之便，但在客观一面，却起了保存文物之功。但此类书量大种多，收购不易。抗战前商务印书馆有《丛书集成》的编辑，淘汰各丛书之重复，择善收录，分类编次，购此一书如购一百部，法甚美善，最便小型书馆之购置，但在今日需要分门广收单行本，编为专业丛书，使学者用费不多，即可购得全部资料，何等方便，如章锡琛之辑《廿五史补编》、唐圭璋之编《词话丛编》，即本人之校辑《画论丛刊》《画史丛书》《画品丛书》，

第六章 余霞成绮，再放光芒（1979—1992）

亦本此意。前年亦本此意为国务院古籍整理组建议要编辑专业丛书，始可在短时间内见成效也。

（四）自解放以来，在语文教学中，对于语法的研究讨论取到了很大的进步。尤其是在汉语的特点上阐发了前人所未发，甚为可喜，足见语文教师体会之深，成绩卓著。但在词汇方面，多重在四言成语，对二言、三言以至五言成语和七言诗句等，搞出的不多；在双声、叠韵、叠字、古词、典故等方面，则尚未能顾到。须知散文家、小说家、戏剧家等，他们并不太注重语法和语句的构造，反而在叙述、形容上能做到生动自然、淋漓尽致，让读者手不释卷，引人入胜，这不能不归功于他们运用词汇的恰当、巧妙；相反，若一篇文章没有丰富的词汇，就是在造句上毫无错误，仍然难以出色动人。即使知道语法是规矩，而又怎能否认词汇的运用呢？此词汇之如何分门别类进行研究，以促进写作者，正所有人致力也。词汇上精练的名言隽语，在古代特殊情况之下，无论出自仁爱慈悲之怀，或激于忠义愤发之感，为后人所称道，成社会之标准，历史之格言者，向多成书，后因其中间有不合时代者，每置之高阁。为取其菁华仍当作民族之特色，为各国各民族所不废，仍应珍视传统作为典范。至于名士才人片言折狱、语妙天下、脍炙人口、千古如新者，其启发灵感开语言之法门，在社会所起之作用极为广泛。至于滑稽幽默之语，寓讽刺之含义，为直言所不及，《史记》特为滑稽立传，实具卓识，又不仅供人解颐哄堂，喷饭捧腹而已也。

余每认为学子需要确有用处,甚至是条近路捷径有待开辟,仍思带领青壮共同致力早日实现,并知学术领导、青年学子皆以此望于我也,喜此微躯粗健,尚能无宿疾,愿与教研室同志共勉之。

1984年8月5日①

这四条建议,从个人的学术心得到新中国成立后教育的发展需要,从民族文化的传承到青年学者的责任义务,娓娓道来,没有个人的功名利禄、荣辱得失,完全是站在学术、教育、社会、学科的发展角度来畅谈,足见其阔大的人生格局、高远的学术视野和出众的才干能力。

1984年,于安澜作为主持人,申报了《历代典范语言类编》的课题,并于当年获得立项。在《类编》立项之前,他就开始着手相关资料的搜集工作。课题立项之后,他又召集数位研究生成立了课题组。大家分工协作,分别从经、史、子、集及野史、杂著、笔记小说等各类古书中精选出1080个各自独立的散文故事,各段落中都囊括一句脍炙人口的名言。然后根据这些段落中的语言特色,综合划分出感怀、赞誉、警策、劝诫、善识、论事、品人、谈学、旷达、言情、忠烈、正气、设譬、机警、戏谑、嘲对、讥讽、谲智、癖嗜、谬误等20个子类。每个子类下面的段落皆标明出处,酌加注文,并逐一对其中的名言隽语作出点评。其体例原

---

① 于安澜:《于安澜自述》,载高增德、丁东编《世纪学人自述》(第二卷),北京十月文艺出版社,2000,第170-172页。

则是先点后评,前者的目的在于解意,后者的目的在于分析提示人物的语言技巧及说话的精妙之处。最后在书稿的前后分别列出各种词条目录及材料来源目录,便于检索。经过于安澜和课题组成员连续3年的努力,该课题于1987年完稿并结项。

(四)

耄耋之年的于安澜不仅在教学、科研中发挥着自己的光和热,而且还带动身边的教师和学生一起进步、发展。古文字专家王蕴智教授可以说是他的传灯者,他们的师生情缘早在1980年就结下了。王蕴智1955年生于许昌,受家庭影响,一直喜欢古汉语和书法。高考恢复后参加考试,成绩很好,却因政审原因,被补录进平顶山师范专科学校中文系。1980年冬天,王蕴智留校教学实习时,从老师那里得知开封的河南师范大学有一位于安澜教授,不仅精通文字、音韵、训诂之学,而且还是书画篆刻名家。性格内敛、一向不爱出头的王蕴智,不知为什么突然有了很大的勇气,用毛笔规规矩矩地向于先生写出了求教信。先生很快便于12月9日给他回复了一封热情洋溢的长信,信中充满了鼓励、奖掖和期望之情。德高望重的前辈学者如此平易近人,这让王蕴智开心、兴奋了很长一段时间。这一老一少、素不相识的两代学人竟一信如故,此后,年近八旬的于安澜与25岁的王蕴智便保持着联系。于安澜开始指点他读书、做学问。王蕴智严格按照先生的嘱咐,首先从学习《说文解字》做起,把《说文解字》小篆字头都摹写了一遍,部首字包括形义说解又都格外抄在绘图纸上,挂在书桌上方,背得精熟,这样一学就是两年。此后,王蕴智又在他指导下学习了段注《说文解字》,兼及甲骨金石文字资料,做了一系列读书笔记,经常寄过来,得到了指点与鼓励。当河南大学成为汉语史方向的硕士招生单位后,王蕴智在忙碌的工作之余勤奋备考,凭着自己扎实的功底考上了研究生。

1985年秋,王蕴智离开了平顶山师专繁忙的教学岗位来到河南大学,来到了于安澜身边。而立之年的王蕴智既是于安澜指导多年的私淑弟子,又是新入门的嫡传研究生,面对着83岁高龄,一直给予自己无私指点的于教授,王蕴智暗暗下定决心,一定要格外珍惜这宝贵的学习机会,不辜负先生的厚爱。于安澜在古代文献、文字声韵训诂等方面对王蕴智进行了较为系统的训练,首先让他熟悉出土的古文字资料,并在此基础上研治《说文解字》,渐次理顺汉字形、音、义等方面的发展演化脉络。在研究生期间,王蕴智根据数年来的学习所得,编写了《〈说文解字〉形义嬗变分析表》,囊括了"基本字形""古籀或俗""同义孳乳""同源分化""小篆舛误""广义分形""隶变字形""音义消变"等十五个栏目,分别对《说文解字》中的三千多个实用字进行了归纳和辨析;还尝试着突破《说文解字》的范围,撰写出五万言的《商代文字探论》,初步对以甲骨文为主体的早期文字资料进行了文字结体、文字演化等方面的探讨。

在于安澜先生的悉心指导下,加上自己的勤奋努力,王蕴智于1988年圆满完成硕士研究生学业,并在先生的鼓励和举荐

第六章 余霞成绮,再放光芒(1979—1992)

1985年于河大教授楼寓所门前

下,同年考入吉林大学姚孝遂(1926—1996)先生门下攻读博士学位。姚先生是著名古文字学家于省吾先生的大弟子,人品、学品、人生经历上都与于安澜很相似。读博过程中,王蕴智依然得到远在千里之外的于安澜老师的关心。1991年新年伊始,他正在吉林大学准备博士毕业论文,九旬高龄的于先生寄来亲笔书写的诗札:

古风一首赠蕴智

许昌名郡千年史,至今尚多名贤里。自古人才冠中州,十载更喜得王子。家本诗礼旧门庭,伯叔任教学院里。君自总角即向学,尤爱陈编识奇字。前年来校习硕术,论著精审声誉美。更思远道作壮游,东逾长春渡辽水。思翁大师遗泽长,衣钵薪传多名士。转益多师眼界阔,千里骥足滋此起。

这首诗中传递出的高度赞誉和殷切勉励,让王蕴智十分感动,他把先生对自己的厚爱化成了学海中的舟楫。获得博士学位后,王蕴智回到河南,在开封、郑州、安阳三地,一直致力于古文字的教学、研究工作,成为河南省乃至全国古文字领域的著名专家。作为郑州大学博导、教授,他曾倡议并参与论证"中国文字博物馆"的建设项目,并担任中国文字博物馆首任馆长,被推选为"感动安阳2009年度人物",还被授予"汉字文化特别贡献奖"。王蕴智不仅是河南省中国古代史重点学科及博士点学科带头人,河南省文字学会会长,另外还担任全国汉字标准化技术委员会委员,中国文字学会理事,中国文字博物馆(安阳)学术顾问,漯河市政府许慎文化资源开发特聘顾问,北京师范大学、河南大学等学术研究中心兼职教授等职务。回顾自己的学术之路,王蕴智对于安澜先生的感激无以言表,曾写下2万余字的

《于安澜先生小传》,真实记录老师的一生。

（五）

于安澜不仅从事教育、科研工作,还很重视奖掖后学,不但尽心指导研究生和青年教师,对于社会上那些好学上进的青年,不论他们的出身、地位和家庭渊源如何,都一概给予热心鼓励、全力扶持。曾经有位郑州的青年工人慕名登门请教,于先生放下手头工作,从上午一直谈到下午,不厌其烦地解答青年提出的问题,给他以热情指点,中午还留这个素不相识的年轻人在家一起吃饭。还有一次,一位南方的青年书法爱好者给他写信,言辞真挚、恳切,非要"请"他的一张书法作品用来观摩、学习,还随信寄来了当地的特产———一对苏绣枕套。于先生收到后当即从邮局退回了这个礼物,但在包裹上写下了附言:"条幅写好后立即寄出。"

这样的事例举不胜举,其中最为动人的,要数于安澜和新乡书法家王海岑长达16年的师生情谊。1983年秋,开封、新乡两地青年书法联展在开封大相国寺举行,34岁的新乡小伙王海岑有作品参展。王海岑本名王海,字海岑,号旭峤,斋号石庐、醉石斋,河南封丘人,由于求学阶段正逢"文化大革命",没有考大学,但他多才多艺,喜爱音乐、曲艺、书法等多种艺术,高中毕业到新乡群众艺术馆工作。他自幼酷爱书法篆刻,在这上面用功最深。会展结束后,他一心想借机拜访仰慕已久的于安澜老先生,于是拿着著名书法篆刻家桑凡先生的引荐信,通过河南大学美术系画家罗镜泉带路,来到了于安澜的家。

在王海岑的记忆中,于家的小院内有一棵香椿树和几盆正在怒放的菊花,一楼除了厨房、卫生间和通向二楼的楼梯外,只有两个房间,外边的一间是客房,房间很小,但却简洁雅致:南边的窗户下摆放着沙发和茶几,北墙摆着一个多用柜,西墙上挂一幅于老的外孙女刘小敏的工笔画以及于老的小篆对联,东墙上挂着方介堪先生的寒梅图。靠里边的一间是于老的书房兼卧室,进门靠东北角是一张小床,东南角一个书架,西面墙有两个书柜,中间靠南窗下摆一张写字台。书架上、桌上、床上到处都是书,简直就是个书的世界。西南角的柜子上摆满了一卷一卷的宣纸,上面写着不同的名字,十分醒目。原来那些都是"书债",是求字者送来的,于老没空儿写,日积月累就堆成了小山。

登门入室,王海岑终于见到了仰慕已久的于安澜先生,只见他高高的身材,虽然八十多岁高龄,却腰不弯,背不驼,脸色红润,双目有神,只是头发几乎脱光了,脑门儿很亮,让人觉得充满了睿智。先生穿着俭朴,一身布衣,说起话来,一口乡音。他手中拄着拐杖,但并不是为了支撑行走,而是一种习惯。于安澜见到这位后生,态度很温和,亲切地与他拉家常,问他祖籍何处?父辈做什么?在哪里工作?先生朴实的形象、平易的态度、温和的话语,让王海岑消除了胆怯心理。他把带来的一些书印习作呈给先生,请他指教。于安澜看罢之后,脸上露出了满意的笑容,连连说:"不错,不错。"书法和篆刻使他们的距离一下子拉近了许多。王海岑从心底很渴望能够得到先生的墨宝以便观摩

第六章 余霞成绮,再放光芒(1979-1992)

学习。

王海岑返回新乡后不久,邮递员送来一封来自开封明伦街的信件,右下角落有"于寄"二字。这是于老的信!海岑兴奋极了,忙打开看,除了信笺外,于老还专门为他写了一副对联,内容是集石鼓文句:"处于深渊游鱼乃乐,树之好柳鸣禽其来。"对联上还落了长款,共四行:"王海岑同志由新乡来汴,过访寓斋,出所治印章,笔力挺拔,古意盎然,更能刻毛主席长词百余字。翌日至相国寺群艺馆新乡书展室,见其大篆两幅并巨印两方,皆浑成圆劲,苍秀朴茂,足证才气之大、功力之纯,不可多得。盖感江山代有才人出,后来居上也。贻纸索书,唯有效烟客之题石谷画语耳。八四年六月中旬于安澜识于开封师大宿舍。时年八旬有二。"

题款简洁明了地记录了二人初次交往的情形,对王海岑的艺术水平给予了表扬与鼓励,令他欣喜又感动,从此后,王海岑便一直与先生保持着密切的联系,直到先生辞世。与于安澜交往16年,这是王海岑收藏的唯一有自己名字题款的作品。随着交往增多,王海岑得知先生从没有卖过一张字、一幅画,只要有人找上门来,他总是有求必应。求字的人多了,平日赶不出来,每年暑假及春节前夕,先生无论多忙也总要挤时间,把积压的书"债"一一清掉。于安澜给人写字从不计报酬,只讲一个"缘"字。了解越多,王海岑越是敬爱、心疼先生,他实在不忍心让这位八十多岁的老人"负债累累",所以从不张口向老师讨要作品。

除了通信之外,平时一旦有时间,王海岑总要到开封去看望老人家,尤其是春节前后,必定去拜年。他依照老家的规矩:看朋友串亲戚要礼尚往来,尤其是看望老人,所以总是想方设法表达心意。记得第一次王海岑去看望于老师,带的是茅台酒,不料却被狠狠批评了一通,说拿这么好的酒实在是浪费,以后登门不允许拿礼物。虽然挨了训,但王海岑每次去老师家,总要拿点食物之类的。熟悉之后,每次到老师家就像在自己家里一样舒心自在。于安澜也真心把这位勤学上进的晚辈当作儿子一般对待,让海岑管自己的大女儿采葡喊大姐,还介绍说有个二姐在北京,大哥在开封,二哥在广州……在长期的交往中,王海岑可以说是于先生名副其实的"入室弟子",每年都有数次到家里入室讨教,有时还要小住几日,接受先生的耳提面命。对于自己和于先生之间的交往,王海岑有一段感人肺腑的回忆:

  我搀扶着老师顺湖边散步,一路漫游,一路闲谈。步履缓缓,思绪悠悠。记得他给我讲大宋历史,讲汴京沧桑,讲古今人物,讲典故趣事,讲诗话,讲文字等等。那时的我就像一株渴望甘露的小草,一个亟待哺乳的婴儿,静听默记,尽情地吮吸着甘甜的汁液。老师见我那如饥似渴的模样,突然给我讲起了"衔接"一词的含义。他问:你见过老鸟衔着食物在巢中喂小鸟的情景吗?那就叫"衔接"。后引申到人,表示老者对年轻人的关爱与提携,就像我们俩。啊!是啊!这太形象了、太真实了、太生动了!我不禁涌出两行热泪,是幸福、是高兴,更是感激。①

这段细腻的回忆,生动地勾画出于安澜先生循循善诱、如师如父的感人形象。在长达16年的时间里,这一老一少始终保持着密切的联系和真挚的情意。每当王海岑有了新作品,便寄往开封,请先生批评指正,于安澜每次都给予悉心指导;王海岑有了什么疑惑,也会写信求教,于安澜更是来而必往。

在通信中,于安澜的教诲是全方位的:从生活起居到为人处世,从语言文字到诗词歌赋,从历史渊源到时事政治,从书论史略到印学发展,甚至具体到每一件作品的一笔一画、长短粗细、安排布白,都事无巨细一一点评。在于安澜的指导和提携下,王海岑的古文字及书法、治印水平日新月异。1984年,上海举办"全国文汇书法大赛",王海岑的大篆作品获得了二等奖,还没登门向老师报喜,就接到了老师的电报:"喜闻文汇书赛获奖,甚慰。祝贺。于老。"后来还写下长诗相赠:

赠海岑

忆从去冬识君始,陪同来寓有罗子。聆音知非远道客,言次邻邑殊密迩。君住封东我滑南,家乡相距五十里。自言毕业逢动乱,升学无由习杂技。学练丝竹伴演奏,陶冶性灵赖宫徵。业余尤喜作临池,并研刻石探精旨。出示大篆殊苍劲,治印兼擅浙皖美。当劝书赛务参加,逐鹿中原争佳

---

① 王海岑:《我与恩师于安澜先生》,载张生汉编《于安澜先生纪念集》,河南大学出版社,2009,第43页。

士。……

在于安澜的鼓励、指导下,王海岑的专业水平和个人名气与日俱增,他希望能继续深造,扎扎实实提高自己的文化底蕴。1985年初夏,于安澜得知王海岑打算参加成人高考,就及时写信鼓励他努力复习,争取一举考上。由于王海岑高中毕业参加工作已经18年之久,功课几乎全忘完了,加之离高考只有两个月的时间,他信心不足。于先生就一封信接着一封信地鼓励、鞭策,并讲解一些具体的补习方法。其中一封信专讲历史课复习,从三皇五帝讲到历代帝王,从年代替换讲到政治、文化、经济、人物,足足写了十几张,有四五千字,简直就是一部中国文化简史。在先生的激励帮助下,王海岑经过刻苦复习,顺利考上了全国统考的两年制中文系大专,先生立刻写信表示祝贺,又寄来王力的《古代汉语》《中国古代文化常识》等参考书,还在信中鼓励他努力学习。

除了书法与文化知识外,于安澜先生在篆刻方面对王海岑也指点颇多。先生早在上大学时,便常在闲暇之际奏刀刊石。20世纪30年代在北平时,曾师从齐白石、萧谦中等书画篆刻宗师学习。多年来,于安澜一直把治印作为自己学问著作之暇的一种消遣。他一生刻印不算多,但个个都是精品,直到晚年还常为友人和学生刻印。于安澜所治的印章,布局平稳、结构严谨、篆法纯熟,刀随笔意,圆润秀美,颇具浙派风范。于安澜十分推崇"浙、皖"诸家,常在信中指点王海岑要师法王福厂(1879－1960)、邓石如(1743－1805)、赵之谦(1829－1884)等人,此外,

第六章 余霞成绮,再放光芒(1979—1992)

张樾丞(1883—1961)、方介堪(1901—1987)、郁重今(1928—2019)、茅大容(1946—)等也是他常常提及,并要求王海岑用心学习的楷模。于先生与方介堪先生年龄相仿,友情深厚,交往密切。方先生每有新作,必寄来欣赏。方先生的印走工细一路,当今第一,尤其是鸟虫篆印,独树一帜,于安澜深爱其作,便将所寄印稿一一整理,粘贴成册,自解放初期至20世纪末,共存原拓印稿一百余方。

为了让王海岑走浙派工细一路,于安澜将自己珍藏的方介堪先生原拓印稿转赠,让他好好临摹学习,继承发展。但是王海岑性格偏豪放,对于工细一路不太擅长,那时候他对缶翁大写意派,以及当时流行的狂怪一脉很感兴趣。海岑的这种倾向,遭到于老师的当头一棒。他起初不能理解,苦思冥想后,渐渐明朗起来:先生让他首先要继承传统,宗法"二李""二王",走精细的路子是正确的。艺术讲究创新,但临摹、借鉴、继承优秀传统是必经之路。只有在继承的前提下,才会有真正的创新与发展,否则只能沦于狂诞肤浅。多年来,王海岑一边钻研传统,对于汉简魏碑、雕版造像、砖瓦写经……无不涉猎;另一边对现代艺术思潮也密切关注,"现代派""墨象派""前卫派""朦胧派""意识流"等,凡能引发共鸣者,一律兼收并蓄,广纳博取。

在于安澜先生多年无微不至的关怀和指点下,王海岑在书法、篆刻上成绩斐然。曾参加国际书法展、现代国际临书大展、全国第二届中青年书法篆刻家作品展等,其篆刻获1988年海内外首届爱国杯书法篆刻大赛银杯奖。还出版过《基础书法学》

于安澜与王海岑

第六章 余霞成绮,再放光芒(1979—1992)

《王海岑书法篆刻作品集》《随缘堂拾零集》《随缘堂印存》《中国文字禅说》《道德经心印随记》等著作。在新乡群众艺术馆工作的王海岑,后来还被新乡师专聘为书法方向的副教授,并担任中国书法协会会员、河南省书法协会理事、河南省美学学会会员、河南省篆刻委员会会员、河南印社副社长、嵩晖印社社长、《印坛》报主编、河南省书画院特聘书法家等职位。

不管职务多高,工作多忙,王海岑每年都惦记着到开封探望恩师,传递情意。于安澜先生多年来的言传身教,使海岑深深体会到他为人为学、接人待物上的认真严谨,那种认真程度有时甚至使他难以接受。王海岑记得自己第一次去拜见于先生的时候,带了一些篆刻习作请先生指点,其中有一方刻着百余字的毛泽东诗词,看上去规矩匀称,于先生当场也给予表扬。过了没几天,收到先生来信,信中指出了那个篆刻中的许多毛病:哪一行的哪个字占地大了,哪个字的哪一画粗了,这个字肥了,那个字瘦了……对于这个初次登门求教的后生,先生当面表扬其整体的艺术水平,随后又写信详细指出其所存在的问题,足见老人的细致周到以及对晚辈的关爱呵护之心。不仅仅对王海岑,对于所有的人和事,于安澜先生从来都不会在口头上应酬、敷衍,他总是认真、严谨地对待,尤其在学术问题上更是一丝不苟,决不含糊。

在日常生活当中,于安澜也是一个要求很严的人。王海岑曾留过小胡子和长头发,作为一个艺术爱好者,这本是很常见也很小的事情,可是于先生一生为人正统,不能容忍小胡子和长头发这种形式上的艺术范儿。当王海岑留着小小的八字胡时,先生还能勉强接受,一旦长得长一些,只要被他看到,就会三番五次地批评,直到剃掉为止。有一次,王海岑陪于先生出席一个国际性的学术研讨会,会议结束后顺道去看望一位故交,多逗留了几日,先生带的差旅费不够了,就向海岑要了几块钱。让王海岑没想到的是,先生一返回开封,立刻就汇来了这几块钱,一定要还他的账。汇款单上还附有长长的留言:"廿四号八时半平安到家。此汇去借垫各款,公事公办。到家后一天多,说的都是此行所见,也颇提到你们三口子。家人感到一路平安,你的照顾之功很大。"看到这留言,王海岑的眼泪一下子涌了出来。他从心里埋怨老师跟他如此见外,埋怨老师做事情太认真,认真得简直不讲情分。其实于安澜一辈子都是这样:对人热情、真诚、无私无我,对事严谨、认真、一丝不苟。《论语》中曾提到君子有三变:"望之俨然,即之也温,听其言也厉。"也就是说与君子交往,起初远远望见,觉得很庄重,接近之后又觉得很温和,等到听他说话之后,又觉得义正词严,没有一丝苟且。于安澜先生便是这样的君子。至于那张带着长长留言的汇款单,王海岑一直珍藏在日记本中。

王海岑与先生交往有十六七年,他感觉老人家为他付出了太多太多,学问上传道解惑,生活上关怀备至。当他有了成绩,先生由衷高兴,不吝鼓励夸奖;当他有了缺点错误,就批评教育,当头棒喝。王海岑觉得虽然自己逐渐成长,在书印界有了一定影响,但先生始终像是一盏灯塔,给他光明与指引,然而,先生却从不曾要他回报些什么。1999年8月16日,得到于安澜去世的消息后,王海岑立即携女奔赴开封,带着无尽的愧疚、无尽的敬爱和无尽的怀念,跪拜在恩师的灵前,行大礼、诵悲咒、默念佛号,用自己最诚挚的方式祈祷恩师的英灵化鹤西归,永驻极乐。

于安澜先生去世后,王海岑一直想为他做些什么,思来想去,决定从16年间的二百多封书信中精选出近百封,整理成册,印刷出版,以表纪念。当他听说河南大学要在2002年为于先生举办诞辰100周年纪念会时,为了能让与会者及时看到此书,便抓紧一切时间选编、整理书信。这时的王海岑已罹患癌症,病情严重,他强忍着疾病疼痛,全力投入到书稿的校订、整理工作中,每当精疲力竭、疼痛难忍时,甚至蜷缩跪伏在地上干活……上天不负赤诚,最终,《于安澜先生致海岑札》完成,与会者及时看到了这本装帧精美的信札集。王海岑还在2002年元月十五日完成了一篇回忆录《我与恩师于安澜先生》,提交给会议,然而他本人却因病情加重,没能亲自来参加。两年后,他离开了人世。王海岑和于安澜先生这种师生情,为我们留下了一段感人至深的历史佳话,也诠释了"如师如父""教徒如子"的传统美德。

(六)

在悉心指导学生,认真从事科研之余,于安澜依然保持着赋诗言志的文人本色。进入新时期以来,他的心中充满了昂扬向上的精神,这种老骥伏枥、壮志不已的心态,时常真挚地流露在诗文中。他曾寄怀赋诗云:"岁月如流白发新,老来殷盼接班人。

工农各线多成果,学术岂肯落后尘?"1985年,赋诗明志云:"岁月如流已霜巅,似食甘蔗根更甜。愿祈天公赐康健,再做老牛七八年。"1986年,于安澜拟春联明志云:"不愿余年随流水,敢望铅椠藏名山。"同年,他为贺中国书画函授大学成立,填写了一首《调寄醉花阴》:"为给青年开宝库,忘却岁迟暮。艺苑展宏图,老马自任,犹记来时路。古今万法无不具,指点优异处。莫叹寻师难,提要钩玄,已把金针度。"年逾八旬的于安澜,诗词文笔依然清晰流畅,思想感情上则显得奋发激扬,与他早期具有传统格调的诗文形成了鲜明对比,呈现出浓郁的时代特色。这些新时期的诗文中明显传递出光阴流逝、岁月不待的紧迫感以及大展宏图、提携后进的进取心,让人深切感受到饱经风霜的老一代知识分子的拳拳之心。

于安澜先生作为河南大学的一位资深教授,不仅在学术教育界,而且在社会上也拥有很高的知名度。改革开放以后,随着国内文化教育事业的繁荣发展,诸多学术团体相继成立,各种学术活动开始增多。由于他在多个领域都有建树,学术影响波及海内外,因此颇受相关学术团体机构的重视,先后应邀加入了中国训诂学会、中国美术家协会、中国书法家协会等全国性专业组织,并且担任了中国训诂学会、中国音韵学会、河南省语言学会、河南省美术家协会和河南省书法家协会等学术团体的顾问,在诸多文化事业方面都倾注了自己的心血。

1982年11月,苏州召开中国训诂学研究会年会。于安澜先生出于纪念先哲、弘扬许学的考虑,在会议上首先提出了筹备召

第六章 余霞成绮,再放光芒(1979-1992)

开全国性的纪念许慎学术讨论会的议题。这一提议得到了与会专家的积极响应。专家们一致认为,要继承和发展中国的语言文字学事业,就应该从纪念中国文字学的开山鼻祖许慎开始。会议结束后,先生多次与河南省有关部门领导写信磋商。1983年1月21日,河南省文物局曾专门下发"豫文物字(83)第五号函",通知河南省郾城县及地区文化局做好迎接召开纪念许慎学术讨论会的准备工作。同年4月,先生又亲临许慎故乡,一方面调查采访有关许慎及其后人的遗迹、轶事,同时还向当地人民宣传纪念许慎活动的意义。

1985年4月,在于安澜的倡议下,由河南省文化厅拨出专款,郾城县组织人力重新修复了许慎墓祠,从征地到砌墓、立碑、植柏等,一切有序进行。在修复的许慎墓前,有一块新立的石碑格外引人注目。该碑是以中国训诂学会、河南省语言学会和郾城县人民政府的名义而立,碑额上的"冠冕千秋"四个大字正是于安澜先生用古朴典雅的篆书所写的。上面"重修许慎墓碑记"的碑文,既有对许慎的缅记,也反映出华夏学人在经过深刻的历史变革之后所焕发出来的强烈的爱国意识以及对传统文化的珍重。在修复许慎陵墓的同时,郾城县政府还对"许南阁祠"进行了整修,其中一部分被辟为许慎纪念馆,著名语言学家王力先生题写了馆名匾额。

1985年4月12日,全国首届"纪念许慎学术讨论会"在开封河南大学隆重举行。先生及其所在的学校领导、教研室的老师们作为东道主,热情接待了100多位来自全国各地高校、科研

于安澜摄于 1985 年夏

单位的代表及新闻界人士。与会学者就许慎的生平事迹、《说文解字》研究的历史、方法及展望、文字考释等热点问题进行了为期 4 天的学术交流。研讨会之后，与会代表又分别抵达郾城和洛阳游学参访。郾城是许慎的故乡;洛阳是东汉都城,是许慎在东观校理群书时工作的地方。经过于安澜先生及同事们的多方努力,1985年的许学会议成功召开,在国内引起了很大反响。它不仅使河南省内外的更多人士了解到中原的灿烂文化,同时也把学术界纪念许慎的活动以及许学研究推向了一个高潮。从此以后,前往许慎故地参观、拜谒、学习的内地学者、港台同胞及国际友人络绎不绝。正因为有了这样良好的基础,漯河市及郾城县又分别在1989年和1991年与学术界配合,召开了两次大型的许慎与"说文学"学术研讨会。这些活动都进一步促进了海内外许学事业的蓬勃开展,同时也激励了许慎故乡人民改革开放及发展经济的步伐。

自年轻时起,于安澜便以弘扬华夏优秀民族文化为己任,进入新时期以来,他更是敞开思想与心扉,结合自己的治学之道,积极向政府有关部门提出一些很有价值的观点和建议,为推进社会精神文明的建设与发展尽心尽力。作为一名土生土长的河南人,于安澜先生很清楚河南这个历史文化大省的资源和特点,曾经向国务院古籍整理领导小组及省市有关部门多次提议,希望能发掘利用河南丰富的历史文化资源,着手整理相关的古代典籍,他还建议为那些在中华历史上产生过重大影响的河南籍文化先哲、艺术名人举行纪念活动。这些倡议和呼吁后来都得到有关方面的重视,并相继得到了落实。经于安澜先生的倡导,20世纪80年代以来,河南省先后建成了许慎墓祠及许慎纪念馆、画圣吴道子纪念馆、张衡纪念馆、张仲景纪念馆、花木兰纪念馆等,并相应举行了各种形式的学术纪念活动,很好地弘扬了地方传统文化。如今,这些场馆都成为当地的著名景点。这一处处景点,不仅闪烁着文化之光,也彰显着于安澜先生的文化理念和他热爱祖国、热爱家乡的赤诚之心。这些社会文化活动,他都用诗歌记录下来,1986年2月25日的《郑州晚报》曾刊登过其中五首:

纪念许慎

汴洛举行许会开,八方学者一时来。何朝如此重经术,全国拜祠第一回。

建议纪念吴道子

神话流传遍九州,道玄美育冠千秋。更乘四化东风便,建立中原画圣楼。

建议为本省先哲建立纪念馆

文化来源西向东,黄河流域启鸿蒙。中原自古多贤哲,尽量表扬振学风。

建议重印《洞庭山民送米图》

解组乏资作启程,邑民送米助公行。姑苏名士齐歌颂,激励时风是典型。

建议为魏、刘两烈士建故里碑

冒险茹辛数十春,全胜未见即殒身。丰碑自应树故里,卓绝典型启后人。

于安澜不仅重视优秀文化传统事业的继承与发扬,也注重当代的优秀典型人物的弘扬与宣传。最后一首诗中的魏、刘两烈士,分别是魏明华、刘砚三。二人皆滑县牛屯人,前者清华大学毕业,留学美国,参加组织政治活动,转德、法,再到苏联,后病故。后者考入北京师大,抗战前任安阳二高语文教师,宣传马列主义,几遭迫害,辗转山西任教,七七事变起,参加抗战,曾任晋南区专员,后病故。于安澜认为二位烈士奋斗多年,离家数十载,病故外乡、外国,应该立碑故里,以励后人。

(七)

20世纪80年代,于安澜虽然年事日高,但这显然是他一生漫长治学生涯中又一个比较活跃的时期,可谓是"霜叶红于二月花"。先生常说自己的一生不管条件优劣,总能顺其时日。他与人为善,平凡简朴,生活起居喜欢粗茶淡饭,从没有什么不良习惯,因此80多岁的身体状况与60多岁的人相差无几,耄耋之年依然思维敏捷,精神抖擞,开朗健谈,兴致盎然,始终拥有一颗热爱自然、热爱生活、鲜活生动的心。他生性乐观风趣,一生喜欢旅游。当初读大学时,就走遍开封的古迹、名胜,还写下许多诗文,譬如《诉衷情·龙亭晚眺》《龙亭秋望赋并序》等。早年间因为经济窘迫,没钱外出,就把珍藏的各地风景名胜画片装订成册,北京故宫、杭州西湖、苏州园林、桂林山水等尽收其中,自谓"卧游五岳,坐拥百城"。

1984年春天,82岁高龄的于安澜兴致勃勃地到洛阳龙门游玩,还观赏了牡丹。旅游途中,于先生曾写下这样一首诗:"读书行路不容偏,况值春花在眼前。四化时开新记录,欣看青壮著先鞭。"7月份放暑假,中文系组织教职工到泰山旅游,于先生在大女儿采蘅和小孙子于军威的陪伴下一同参加。当时的旅游业还不发达,交通、住宿条件都很有限,大客车从开封出发,一路上走走停停,所住的宾馆条件并不好,尤其泰山上所住的宾馆还是多人间、上下铺。作为一位年逾八旬的老教授,于安澜生怕自己给团队增添麻烦,一路上无论饮食还是住宿,他从没有提任何要求。当他到达泰山顶峰,看到东岳胜境,尤其是清晨看到日出时,激动万分,连声说:"太美了,太美了!真该拿笔画下来!"泰山上的温度明显比山下低,看完日出下山时,寒意未退,等待缆车的人很多,排起了长队。于安澜便坐在旁边的台阶上等候,久坐太冷,他便把随身带的大手帕的四角分别系起来,做成帽子顶在头上,继续安心等待。领导和同事心疼老人,便找到缆车管理员,告知团队中一位八十余岁的老教授,是否能照顾一下,提前乘缆车下山。管理人员不大相信八十多岁的老人还能登上泰山,特地出来察看。只见一位朴素的、头戴手帕帽子的老人坐在台阶上,管理员被老人的坚韧乐观精神打动,特地安排他和陪同者提前乘缆车下了山。

20世纪80年代,国家的经济和文化都在迅速发展,那是一段蒸蒸日上的岁月,也是于安澜一生中最舒心的时光。在社会上,他频频受邀参加各种重大学术活动,关心社会文化进步;在家庭中,他重返童心,与重孙、重外孙牵手谐戏,尽享四世同堂的天伦之乐;在校园内外,他深怀学者雅趣,耕耘于书坛,却从不为

第六章 余霞成绮,再放光芒(1979—1992)

时下水涨船高的"润格"所动心,全心全意教书育人、奖掖后学、著书立说,恪尽学人职责。

1986年,84岁的于安澜光荣离休。虽然人离开了岗位,但他"不愿余年随流水",依然心系学术,关心社会文化发展。1987年,于安澜向河南省有关领导和部门提出为画圣吴道子筹建纪念馆的建议,这年春天,受吴道子故里乡政府和村委会邀请,他与省委宣传部的董应周处长、著名画家史正学先生前去考察。在村委大院中,他们受到当地群众的热烈欢迎,于安澜兴致勃勃地给大家讲述了吴道子的生平及其对中国美术史的重大贡献。考察中,他发现当地政府经济条件较差,为了给当地节约开支,他坚持不住宾馆,而是住在乡政府一间相对闲置的办公室,房间挺脏,墙角挂着蜘蛛网,他却毫不在意。85岁高龄的老人,颠簸数百里来到乡村考察,不讲条件,不计报酬,还一心为对方省钱,究竟是什么精神在支持着他?回到开封后,考虑到当地经济条件不佳,由政府出资修建吴道子故居纪念馆的困难很大,于安澜便给自己绘画界的老朋友魏紫熙、李剑晨、刘凌沧、郭绍纲等写信,请他们捐资、捐画,支持吴道子纪念馆的筹建。8月,为了纪念唐代伟大的画家、绘画理论家张彦远,山西大学主办了"张彦远学术思想研讨会",于安澜应邀赴太原参加。由于年事已高,由外孙女刘小敏陪同。会上,结识了天津美术学院美术史论家、画家闫丽川先生和江西南昌八大山人纪念馆馆长李旦先生,相谈甚欢,并合影留念。会后,祖孙前往大同、五台山等地游览,在精美壮观的佛教雕像、古老的传统建筑以及大好河山中汲取艺术营养。

**1987年8月参加山西大学张彦远纪念会
与阎丽川先生(左)和李旦先生(右二)合影**

自《画品丛书》问世以后,于安澜就时常惦念着要对自己早年的《汉魏六朝韵谱》进行一次全面的修订。《汉魏六朝韵谱》是他研究生毕业时期的成名作,由于是30年代出版发行的,旧式线装,发行量小,因此时隔半个世纪之后,新一代学人已经很少见到。日本东京汲古书院曾于1970年经翻印出版,不久即告售缺。随后香港、北京、上海诸方面亦纷纷转告他,皆有重印之意,于安澜为了保证质量,婉言谢绝了诸家来约,坚持要修订后再予付梓。因为当年中华书局承印《韵谱》时,校排工作稍嫌仓促,存有笔误,所以他后来又重点对本书韵部属字做了必要的勘

第六章 余霞成绮，再放光芒（1979－1992）

订，部次亦有所调整。在修订过程中，于安澜还请王力先生的再传弟子、河南省委党校的同乡暴拯群教授帮助校改誊抄全书。新书稿订正了原书中韵部归属有问题的字，并将各部入韵字按其在《广韵》中所属部的次序重新排列，各部中的入韵字再按不同声母进行编排。修订稿仍沿用原书体例，1989年5月由河南人民出版社出版。

  1990年金秋九月，河南大学一些爱好诗歌的离退休干部、老学者、老教授为了彼此交流、促进，打算筹办一个诗社，年近九旬、德高望重的于安澜被大家推举为旗帜性人物，组织发起了"梁苑诗社"。于安澜自少年时代起就很喜欢古典诗词，擅长以诗歌抒发情怀。他在古典诗词创作上的造诣，完全可以和他在书法、美术领域的成就相媲美。他留传下来的诗词、辞赋，体制、风格多样，堪称精品者多达百首。在他的带动下，这些诗情盎然的老人，在没有经费、没有依靠的情况下，凭着自己对诗歌的热情和毅力，坚持诗词、楹联的创作与交流，为自己的晚年生活以及开封的文化发展增添了一抹亮色。梁苑诗社自从创立后一直坚持开展活动，规模越来越大。诗社成立一年多来，会员就发展到50多人。2009年7月21日，经中华诗词学会批准，梁苑诗社正式成为中华诗词学会团体会员，成为一个在全国有一定影响的诗词学组织。为了给诗友们开辟发表诗歌的园地，梁苑诗社还创办了《梁苑诗词》刊物，除了发给会员研讨外，还与全国不少诗社进行交流，逐渐成为开封的文化名片之一。于安澜对诗社的开创之功，一直影响至今。

组织梁苑诗社的同时,于安澜也着手《古文字易解》的修改增订工作。早在20世纪50年代初,他在新乡平原师范学院任教时,感到当时的学生古文基础比较薄弱,便结合古汉语教学,从古代典籍中钩稽400多个疑难文字,广征博引,分类例释,成稿后取名为《古书文字类编》。由于种种原因,除了部分样稿曾经油印分发给学生外,这部书稿一直沉没在书房中。"文革"后,于安澜曾于1977年对书稿做过一次修订,更名为《古书文字易解》,请了当时健在的王力先生题写书名。由于他手头工作繁多,加之做事讲求精益求精,对书稿时有增补,因此并没有马上出版,直到1991年,先生把成稿正式送交给河南大学出版社,于11月正式出版。竹泉先生对这部书给予了高度评价,他认为:

　　本书科学地运用古文字学、音韵学、训诂学的方法,把古书中最常出现的、又非常费解的六百多个疑难文字按形、音、义分为三编:

　　上编为字形,中编为通假,下编为字义。全书共14万余字。通览全书,它具有以下几个特点:

　　(一)分析透彻,论述独到。于先生针对古书中疑难文字较多的现象,根据自己多年的研究,指出了其原因所在。第一,由于古时候造字的不统一,以至于出现了意同字不同(如看和翰),声同字不同(如御和驭),意同声同偏旁不同(如咏和詠),意同声同偏旁同而其它部分不同(如铗和鐡)等四种现象。第二,由于古时候的人用字没有现在严格,往往是随手抓来,想到就用,只要觉得阅者可以理解,自己再

第六章 余霞成绮,再放光芒(1979—1992)

看也还明白就行。因此,常常同一个字,在此处一个意思,在彼处又一个意思,如"仁"可以作"人"用,"乱"可以作"治"用,"艾"既可以做"老"又可以作"幼"用等。凡此种种,令人不可捉摸,从而造成了古书中用字的混乱现象。于先生的这些分析论述,对于我们了解古字的造法和用法很有启迪。

(二)筛选恰当,取精用弘。对于解决古书中疑难文字的问题,清代乾嘉学派及近代俞荫甫、章太炎等人曾在文字训诂、声韵方面多所阐述,为后代学者扫清了不少文字障碍。但他们的著作洋洋大观,卷帙浩繁,不易查找,就其中的《经传释词》《助字辨略》以及近人的《词诠》等来看,其所讲的多为虚字。而在古书中,虚字数量较为有限,并且有一定的用法规律可循,比较易于掌握。相对来说,古书中难以理解的实字却为数不少,且字义复杂多变,不易掌握。于先生为了使莘莘学子有一本简明实用的阅读古书的工具书,使之"窥文字形音义转变之途径,可晓然古书障碍之所在并其变化之梗概",他在授课之余,埋头于先秦汉魏的经史子集,焚膏继晷、苦心孤诣地收集了大量的资料,又从中爬罗剔抉,刮垢磨光,将一些较常用,又费解的文字钩沉出来,归纳整理,分类编出,以飨读者。本书所选之字不是先秦汉魏古书中所有的生僻古老之字,而是具有代表性的、实用性较强的实字。如卬和仰,现在是风马牛不相及的两个字,但在《诗经·大雅·云汉》中却以卬代仰。类似这种情况,古书中屡见不鲜,即使查字典也解决不了问题,而本书则对这种用字方法做了阐述,这对我们阅读古书时正确地理解字义很有帮助。

(三)分类科学、条清缕晰。本书并未将所选出的疑难文字不分子丑寅卯地罗列在一起,而是根据每个字的字形、字音、字义的不同,将它们按形、音、义分为三编,每编又按字形的变化及用法的不同分为若干类,每类又按偏旁部首或音序分为若干细目。这种以编为纲,以类为目,以偏旁部首音序为经,以字为纬的分类方法不仅使全书层次分明,条理清晰,而且便于读者学习查寻。

(四)例证丰富,举一反三。为帮助读者正确地理解字义,牢固地掌握其用法,在每个字的后面,都列举了数条例证。这些例子均来源于先秦汉魏的古书之中,因年代久远,文字的用法和今天大相径庭。如果能通过这些例子,在理解字义的同时掌握了其在古文中的用法,那么,阅读先秦汉魏以降的古书,其中的疑难文字也就会迎刃而解了。

但本书亦有不足之处,即在每编卷首应将该编所讲的主要内容做一简明扼要的介绍,这样,读者阅读时就会心中有数,有的放矢。

总的来讲,本书是一部非常简明实用的阅读古书的工具书,它可帮助读者对古书中的疑难文字"识其例证,掌其特点以推其余"。对广大读者"或有裨益焉"。衷心地希望广大读者能用这把钥匙,开启古代典籍的大门,为弘扬中

第六章 余霞成绮,再放光芒(1979—1992)

华民族文化做出贡献!①

于安澜自20岁在汲县中学求学时起,在范文澜先生的影响下,对文字产生了浓厚的兴趣,此后,从大学到研究生,再到教学工作中,70年来一直致力于此。他曾结合自己的研究、使用心得以及教学需要,编写了一些简洁明了、实用性很强的著作,为年轻学生及专业学者指引门径。真正的学问,并不一定是高高在上、晦涩深奥、曲高和寡,那些能够融会贯通、深入浅出的著作和思想,同样是好学问。于安澜先生的学术风格与他的为人风范很一致,简单、朴实、接地气,一心想着如何能让别人从中受益,正因如此,他的著作至今仍被相关专业的学人视为必读书目,一版再版,低调而踏实地发挥着自己的价值和作用。

---

① 竹泉:《一把阅读古书的钥匙——〈古书文字易解〉评介》,《史学月刊》1994年第1期。

第七章　道德学问,泽被世人
（1992－1999）

于安澜先生一生著述丰富,如果追溯他的学术著作,最早的一种当属1933年读研究生时上报给河南省教育厅并获得甲等奖学金的《诗学总论》。这是一部有关诗学史研究的重要著作,他完成初稿时刚过而立之年。《诗学总论》能成为于安澜所撰的第一部专著,并非偶然,这是他多年来对中国传统诗学用心钻研积累的结果。很可惜,这部书稿在他的案头整整积压了60个春秋,直到1992年,他对书稿做了一些订补,更名为《诗学辑要》,由赵朴初先生亲自题写书名,交付给四川人民出版社排印出版。这部书把历代诗论的精华内容按体裁、源流、作法进行了分类考订,著名学者黄天骥、詹福瑞对此书给予了很高评价。于安澜先生对诗学王国的钟情与希冀,亦真切地表白在《诗学辑要》的前言中:

> 余之搜集前人论诗之语,起于素喜韵文,意在习作。希于名家言论中寻得多师。诚以历代名作,词采彬蔚,声出金石,足以陶冶性情,涤除烦襟,实语言之菁华、文化之异采。第以天分所限,功力不专,所作未跻于堂室,采摭已充与箧笥,久置枕底,未暇董理。年来衰老已至,应作结束,聊供来

第七章 道德学问,泽被世人(1992—1999)

学之参考,当省检寻之烦劳。江山钟毓,代有才人,倘由此启示,多出诗豪,歌咏熙代,早现四化,不亦文化涓埃之助欤?

《诗学辑要》付印的这一年,正值他九十寿诞。校系领导及教研室老师们都很想向德高望重的于安澜表达庆贺之意,但是大家素来知道他的秉性。于安澜一向质朴无华,从不讲排场,对于自己的生日也从不关注。新时期以来,每逢他生日大庆之年,系里都酝酿着为他祝寿,但是都被他谢绝。有一年,当于安澜得知系里要为他祝寿的消息,直接给有关领导写了封信,并亲自交上去。信中说:"听说系里关于我有什么举动,到时我一定谢绝。""我觉得自己没有什么可庆祝的,还觉得由于种种的耽误,个人的计划并没有完成,差得很多,说起来只有叹息、遗憾。用不着再花些钱、破些功夫去搞这个。"

(一)

1992年,于安澜先生九十寿诞。尽管他一向低调,不愿张扬,但是经过有关领导反复商议,认为这次90大寿的庆祝活动无论如何还是应该举办的。由于他过去并不在意自己的生日,甚至搞不清楚自己的具体出生日期,因此,多年来家人往往利用国庆节放假的时间聚在一起为他祝寿。学院有关部门和主办人员决定把这次的祝寿活动放在国庆前,正好在河南大学80周年校庆的时间段内。中文系的领导、同事提前给他做了大量思想工作,告诉他:在河南大学80周年校庆期间召开"于安澜先生学术研讨会",目的是通过举办纪念他从事文化教育工作60周年的活动,来进一步振兴河南大学的教育事业,烘托学校的学术文化氛围,因此这次活动并不是他个人的事情,而是关系到学校、学院的发展。在大家诚恳劝说下,于安澜终于答应了这次学术文化活动。当然,这个活动本身的潜在主题仍是给德高望重、桃李芬芳的他庆贺九十大寿。由于河南大学的校庆日是9月25日,经过学校和中文系的统一安排部署,决定把这次寿诞庆祝活动安排在校庆的次日。

1992年9月26日,"于安澜先生学术研讨会"在中文系会议室隆重召开。上午8时30分,于安澜在家人的陪同下健步来到会场,受到与会代表的热烈欢迎。会场中央的台桌上,陈列着他不同时期、不同版本的各种学术论著;会场的墙壁上,悬挂着他的一些书法、绘画精品;主办方还印发了部分学者撰写的"于安澜先生学术研讨会"论文,其中也收入了他1984年亲笔撰写的自传。会议由当时的中文系古汉语教研室主任董希谦教授主持,出席会议的一共60余人,有校、系领导,教师代表,还有河南省委统战部,河南省及开封市书法家协会、美术家协会、文联、九三学社,河南大学校友会,兄弟院校等单位的领导,以及校外的知名专家学者代表等,新闻界人士也应邀出席了会议。

上午的会场中一直洋溢着欢庆、喜悦的气氛。于安澜先生面对各位来宾,即兴做了发言,表达了自己的感想以及对单位、对亲朋友人们的感谢。在上午会议临近结束时,一些代表纷纷向先生献上寿礼,场面一下子达到了高潮。尤其是开封市书法

第七章 道德学问,泽被世人(1992－1999)

1992年在"于安澜先生学术研讨会"上讲话

艺术界同人,在喜庆的音乐声中送上了一块大匾,上面精心镌刻着"惠及华夏"四个大字,这四个大字遒劲有力,充分表达了全体与会者对他的由衷敬意。多年来,于安澜在古汉语、美术史、书法学等方面勤心耕耘,他的著作在海内外多次再版,他的学生、弟子在全国各地、各行各业发挥着各自的社会价值,他的成就,足以承载起"惠及华夏"这四个字。这块匾至今仍悬挂在花井街3号院于氏故居的房檐下。下午会议上,与会代表纷纷畅所欲言,尽抒情怀,从不同角度对先生渊博的学识、丰硕的成果、高尚的人品以及鲜明的治学特色等进行了全方位总结和深入探讨。

1992年9月26日的这次会议,让一生低调淡泊的于安澜在隆重、喜庆的场合中充当了一次主角。虽然他一向不喜欢这种热闹,主观上也并不赞同这种场面的出现,但是,为他庆祝鲐背之寿是河南大学以及所有受他恩泽的学生、亲友、大众的共同心愿。多年来,无论是对单位,还是对社会,于安澜始终如一地无私奉献着自己的才华与精力,在道德、学问、人格、思想等方面都达到了令人仰望的高度,大家只能用这种传统的方式来表达对他的敬重和热爱。

(二)

如果说于安澜先生的学术成果"惠及华夏"的话,他高尚的人品道德更是令人仰止。中国传统士人往往追求"三不朽",即:立德、立功、立言。也就是说,人的肉体生命是有限的,但是若能在道德、事业和学问上取得非凡成就,则可以流芳百世,永垂不朽。于安澜先生的学问传播海内海外、惠泽无数学人,近年来,河南大学艺术系教授贾涛、浙江理工大学研究生何军炎等,对其画论、书法等进行了深入的学术研究,"立言"在他身上得到了很好实现。从道德方面看,于安澜也堪称楷模。凡是与他深交过的人,无不被他高尚的道德情操所感化。他的高尚,并不在豪言壮语中,也不在崇高伟大的壮举里,而是浸润在一点一滴的日常小事中。

于安澜曾在开封市花井街3号居住了整整30年,院子里的其他几户都是普通市民之家,但于安澜从没有因为自己是大学教授而有任何倨傲之气,大家互敬互爱、互相帮助。他待人真诚热情,每年春节,他都要为全院的邻居们撰写春联,家家户户张贴的都是他的书法作品。院子附近有个叫张宗海的后生,年龄

第七章 道德学问，泽被世人（1992－1999）

与他的孙辈相仿，虽没有读太多的书，但却机灵、活泛，喜欢字画，经常来于家求教，有时候帮他跑跑腿，并借机会向他讨要字画。于安澜对这个小青年从不敷衍，一丝不苟地给他写字、作画，并题款、盖章。就这样，他先后收藏了不少于安澜先生的书法、绘画作品。后来，张宗海开了一家书画店，收藏和经营字画、古董，还担任了河南省书画收藏协会副会长。

1980年，于安澜和大女儿、外孙女搬到学校分配的教授公寓，花井街的房子由大儿子静山一家居住。春节前，花井街的邻居陈老太太拄着拐杖来到教授公寓，依然想请他写春联。从此以后，每年春节之前，他都要多写几幅春联让晚辈给老邻居们送去，直到他逝世的前一年还坚持这样做。"文革"后期，随着开封书法界的活跃、繁荣，于安澜在书法界的声望也越来越大，向他求字的人也越来越多。多年来，不论是领导干部、社会名流、专家学者、企业家，还是工人、农民、普通百姓，不管是认识的，还是素不相识者，他都一视同仁，从不曾拒绝过一个人。有一次，一个在"文化大革命"中整过他的人向他求字，他也欣然命笔。对此，有的好心人抱不平，对他说："这人曾经在批判你的时候跳得很高。"他淡然一笑，答曰："他当时也是被形势所迫。"如此胸襟、如此气度，真是让人肃然起敬。随着声名远播，竟有居心叵测者打起了老人的主意。有位素不相识的小青年以求教书法的名义来到家中，于安澜热情地接待了他，不料对方趁他不注意，偷走了几幅字画。于安澜一向对人毫不设防，竟然一无所知。后来此人又以同样手段到开封著名书法家牛光甫先生家中行

于安澜篆书　为张宗海书写陆游诗轴　1981年

第七章 道德学问,泽被世人(1992－1999)

窃,被公安人员抓获,招供之后,公安人员来到于家调查,这才真相大白。

在中国历史上,文人士大夫为他人作文、写诗、绘画,收取润笔费的现象十分普遍。尤其是明代中后叶以来,名人书画甚至开始明码标价,走上了商业化道路。唐伯虎、文徵明、徐渭等人,都曾大量制作应酬性的诗文书画,不少人甚至靠润笔发家致富,买田置地,建造园林,过上了优越的生活。20世纪以来也有一些文化人士借此赚得金盆满钵,但是于安澜给人写字、作画,却从来没有收过一次润笔费。张如法教授曾和他探讨过"润笔"的问题,于先生的解释是,自己是个文人,会写几个字,人家想要,就应该写给人家。

虽然于安澜认为自己的字不值钱,但他对待艺术的态度从来都是一丝不苟。80年代以后,由于求字的人太多,他就准备了一个特制的小本子,不论职务高低,也不管年龄大小,按先后顺序把求字者的姓名登记成册,有了时间就写,决不敷衍了事。每年寒、暑这两个假期,对他来说是集中"还账"的时间。按时间先后,暑假结清上半年的,寒假结清下半年的。尤其是春节前,他会推掉所有事务,专心在家书写,不愿让"字债"拖到下一年。如果有急着送外国友人,或其他特殊情况的,可以优先挂"急诊",加个塞赶出来。对于许多外地的求字者,他往往写好后,还要到邮局给人家寄过去。

有一次,张如法教授受人之托,请于安澜在一个册页的封面写上几个小字。原本想着把册子拿过去后他直接提笔写几个字,应付一下便可了事。不料他竟说:"你不要让我当场献丑,给我三四天时间。"事后张如法才知道,于安澜一遍一遍地试写,费了五天工夫,认为对得起人时,才正式写到那册页的窄条题签处。① 张如法说:"这事让我感动不已:我们这代人和下一代人,已少有这种认真精神了。而认真,是成功的必备条件,是对人、对社会有责任感的一种表现。"

尽管于安澜的"书债"深重,但是无论给谁写、写什么作品,他都一丝不苟,哪怕是简单题写几个字,都要反复推敲,精心安排内容、字体,题款明晰,印章俱全。他所写的书法,要么是自己独创的韵语,要么是精心挑选的古诗词。即便是书写古人名诗名篇,也很少原作抄录,而是重新摘句檃栝,形成新意。又因为他多数是写篆书,字法特殊,对于拿不准的结构偏旁,都要去查字书,寻找依据来源,所以写一幅字往往要费许多功夫。于安澜有位书画故交叫郝石林,晚年家住郑州,想请他题写一个书斋名——"痴斋",由于自己年岁大行动不便,便让儿子来办理。于安澜爽快地答应了老朋友的请求,让半个月后来取。当郝石林的儿子如期来取时,于安澜却并没有写好,原来他感觉这个斋号起得不好,"痴"字对于老人的身体状态恐怕不祥,于是亲自查阅了不少资料,建议改用"蜗斋"二字。临时改斋名,得要老朋友同意了才能书写。就这样来回交流,几个月过后斋名才写

---

① 张如法:《我所知道的于安澜教授二三事》,《协商论坛》2020 年第 10 期,第 59 页。

第七章 道德学问,泽被世人(1992—1999)

好,还附了一大段注解。于安澜这种严格认真的态度让郝石林十分感动,在《九十述怀》一书中还详述了这段经历。

由于自幼在家塾受到传统文化熏陶,加之有着多年研究古汉字的专业功底,于安澜的书法和篆刻都功力深厚、风格独具,虽然他从不张扬,也从不以书法家自居,然而却深得专业同行以及各界书法爱好者的认可和爱戴,甚至有著名书法家从北京驱车到开封,专程上门求字,平日里找他求字的书法爱好者更是不胜枚举。无论何时何地何人求字,于安澜都当成自己应尽的义务,不仅不收润笔费,礼物也很少收。有些人实在过意不去,执意要感谢,他便以传统文人所用的、又不太值钱的东西为界限,贵重些的礼物坚决拒绝。家人们经常看到他用半天时间为求字者一丝不苟地写一幅篆书,甚至有时要费几天时间写出几幅,再从中挑出自己满意的赠予他人,真是既心疼又感动。心疼的是,八九十岁高龄的老人日复一日伏在书案上为人写字,要耗费大量时间和精力,万一累病了怎么办?感动的是,在商品经济逐渐发达的时代,他不为名、不为利,以高尚的品德和对艺术的赤诚,无声无息地温暖着别人,也照亮着书法艺术界。

20世纪80年代中期以来,书画市场的价格已经越来越高,但于安澜仍浑然不觉,也从不起念。他一生勤俭节约,不抽烟、不喝酒,自己从来没有享乐过,也从来没想过可以用书画、篆刻作品去卖钱。在他辞世后,开封书画市场上出现了一些模仿他篆书的赝品,每幅标价都在一千元左右;目前郑州书画市场的真迹已升至每幅两三万元。由此可见,于安澜若想以自己的作品

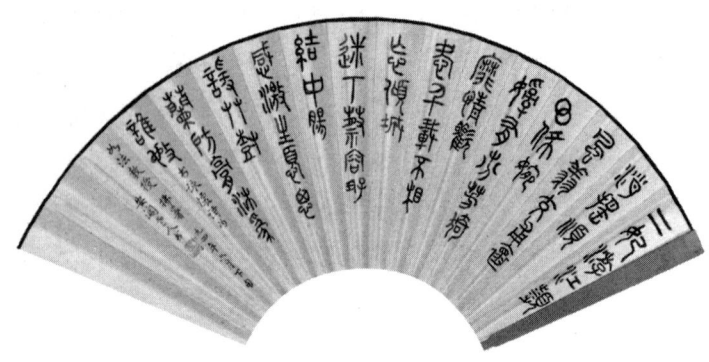

于安澜篆书　阮籍《咏怀诗》扇面　1994 年

卖钱,一定会有丰厚的收入。然而直到他逝世前,也未曾收过一笔润笔费,自己省吃俭用的全部存款仅有 3 万余元。由于他的晚年生活是由女儿、外孙女照顾,自己不曾直接购买过任何商品,因此在他的记忆里,各种物品仍是 20 世纪六七十年代的价格,他曾郑重地提出要把自己一生的积蓄捐献给学校作为奖学金。然而,在 20 世纪末,3 万元对一所高校来说是微不足道的,无法单独设置一项奖学金。虽然饱经沧桑、受尽磨难,但是于安澜始终纯正、超然又充满热情地活在这个纷繁的世上,他晚年这个真诚无私的心愿,真是让人感动得心疼。

在读书治学的道路上,于安澜先生也是处处为别人着想。一次,他到校图书馆查阅资料,发现自己编的《画史丛书》放置在善本书库的玻璃柜内,于是找到书库的负责同志说:"我写书的目的是给人看的,你们把它放在玻璃柜内,怎么能发挥书的作用? 再说,我的书也不是什么善本,何必要放在善本书库呢?"这位负责同志向他解释说:这套书是线装函套,装帧考究,定价很贵,价值很高,所以外借控制得比较严。后来,于先生专门给出版社写信说:现在我国青年和中小学教师工资都比较低,你们把我写的书定价那么高谁买得起?他希望出版社能把书的价格降低一些。出版社接受了他的意见,在1984年《画史丛书》第二次印刷时,将该书改为平装5册,定价由45元降为15.50元。[①] 几十年来,凡是与于安澜先生交往过的人,无论是学者、师友,还是邻居、学生,都被他热情和善、真诚无私、严于律己、宽以待人的精神态度所感动,无不对他敬爱有加。

(三)

晚年的于安澜,生活已不再窘迫,但他仍然十分节俭。他给亲友寄信或寄书法作品,常常将用过的旧牛皮纸信封拆开,翻过来重新糊好,继续使用。他写书法作品时,个别字写得不满意,就在旧报纸上反复练习,绝不用干净的宣纸练字。他谆谆告诫孙辈们,"一粥一饭当思来之不易,一丝一缕恒念物力维艰",要懂得"为天地惜物"。他一直保持着早先的生活习惯和饮食口味,只喜欢粗茶淡饭。家人给他买了好吃的,他总是切开分给大家,自己只略微品尝一下,知其味而已。正因为心态平和,从来不曾放纵口腹之欲,所以他的身体一向健朗。可能是由于父亲

---

① 参看周启云:《读书、治学、做人的楷模——沉痛悼念于安澜教授》,《河南大学学报》(社会科学版)1999年第6期,第125页。

早年间曾经营过中药铺的缘故，于安澜很信任中医，几十年来，偶尔身体不适，就找中医抓上几服汤药治疗调理，多年来一直也没有什么大碍，极少去大医院。离休之后，于安澜按照国家政策可以享受全额公费医疗，但他一向公私分明，从不占公家一分钱便宜。年纪大了，有时有个头疼脑热，依然是自己找中医抓几服汤药，从没想过去找学校报销医药费。

1993年初秋，也就是为他庆祝九十华诞的第二年，于安澜患了一场大病，病发后高烧不退，经校医院拍X光片检查，一度怀疑是肺癌。这时的于安澜已经是学校师生眼中的"国宝级"人物，校医院很重视，与家人协商后，准备把他转到条件更好的解放军155医院住院治疗。在去医院的路上，于先生听说是让他转院治疗，说什么也不愿去，非要让司机掉转车头回家。经过家人一再劝说，他才勉强随车去了医院。155医院十分重视，给他安排的是单间病房，他却不肯住。家人劝说无效，只得请医生继续劝说，但他依然不愿住下。后来院长亲自出面，劝说利害，他这才同意。安顿下来后，他向家人道出了不愿住院的原因："这要花学校多少钱哪！"这位年逾九旬的老人，饱经世间的种种风雨和磨难，却始终无私、无我，保持着一颗水晶般纯洁透明的心！

在155医院住下后，医生对于年逾九旬的于安澜先生进行精心治疗，然而一个多月后，他的病情没有减轻，反而有加重的趋势。胸腔有大量积水，闷得连话都说不出来，每隔几天就要抽出1000毫升胸水，甚至还出现了黄疸。医生下达了病危通知

第七章 道德学问，泽被世人（1992—1999）

书，并告知家人：医院已经无能为力了。浑然不知自己已病入膏肓的于安澜，为了不给学校增加负担，一直坚持要出院。家人无奈，只好把他接回家中。回家后，家人按照他的意愿，请了中医来治疗。由于找的是民间中医，所花的数千元医药费无法报销，但是于安澜却因为花自己的钱治病而感到心安理得，精神反倒比住院时好了许多。经过半年多的中医治疗，他的病情逐渐减轻，竟奇迹般地好了起来，许多前来看望的亲友都说是因为他积善成德而逢凶化吉。实际上，这次久病不愈应该是当时医疗水平有限，没能判断清楚病症。直到1999年他逝世之前在开封淮河医院住院时，该院的专家通过CT检查发现他的肺部有一块阴影，从而判断1993年那场病不像肺癌，应该是严重的肺炎。

　　这次大病过后，先生元气大伤，身体状况远不如从前，便在家中读书、看报、静养。此后，虽然他还有许多学术研究计划，但终因精力、体力不支而未能实现。他曾经对同事周启云说过："我现在就像是上了架的蚕，别的什么也不想了，只想快点把肚子里的丝全吐出来。""春蚕到死丝方尽"原本是李商隐描写刻骨铭心、至死不渝的爱情的诗句，后来被人们引申为形容教师的无私奉献。晚年的于安澜的确就像一条春蚕，他感受到自己时日不多，唯一的念头就是把自己的学术积累回报给社会。先生去世后，家人清理遗物，发现他在1994至1997年间还有一批没有完成的学术文稿，由此可见先生以九十多岁的高龄，在精力、体力不佳的情况下，仍在学术的田地中默默地耕耘着。孔子曾言："古之学者为己，今之学者为人。"荀子曰："君子之学以美其身,小人之学以为禽犊也。"也就是说:古时候的学者做学问是为自己,使自己不断得到充实与提高;当今许多学者为学则是为了给别人看,把学问当作是增长财富、获得名利的工具。作为一名学者,于安澜的一生,无疑是继承了"君子之学"的优秀传统。无论顺境逆境,不管名利得失,他只是遵循着自己的内心,日复一日地与书册、纸笔相伴,在前人的思想、学说中找到乐趣与共鸣,用自己的勤奋与务实,默默推动着传统学术文化的传承与发展。

1995年,于安澜先生的体力稍有恢复,便积极向有关领导和部门写信,为纪念先哲,弘扬优秀传统文化奔走呼吁。这一年秋天,著名画家魏紫熙(1915－2002)先生应河南省政府邀请来河南讲学,并为省人民会堂作画。魏紫熙与先生是相交多年的老朋友,早在1946年,先生刚刚受聘于河南大学时,便与青年画家魏紫熙相识了,于安澜很欣赏他的艺术才能,还凭借着自己在美术界的影响,竭力举荐。后来魏紫熙很快崭露头角,被河南大学聘为讲师。新中国成立后,魏紫熙留在江苏工作,发展得十分顺利,历任江苏省国画院画师、徐州市国画院名誉院长,并享受国务院颁发的艺术家终身津贴,成为新金陵画派的主要代表人物之一。1977年,他曾为毛主席纪念堂绘制《黄洋界》图,还为中南海瀛台绘制《云起下峰动,泉飞万壑鸣》,名声大振。

虽然新中国成立以后,于安澜和魏紫熙分别在河南和江苏两地,相见不多,但彼此的情谊一直很深厚。魏紫熙这次来到郑州,一心惦记着多年未见的老友,专程抽时间来到开封看望于安澜先生。正好于先生的小女儿采芙自北京回汴探亲,席间作陪,当她听到两位老人畅谈半个世纪的友谊、各自的经历,以及对人生、对艺术的见解,不禁感慨万千。① 采芙甚至暗暗在想:如果当年南下苏州时父亲留在南方,而不是回到河南,是不是可以躲过多次的政治批斗,是不是可以拥有更加灿烂的人生?

(四)

1996年,95岁的于安澜先生感觉到自己的体力明显下降,于是基本上待在家中颐养天年。次年,他的肺部发生感染,住校医院就诊。1998年,因为咳嗽、感冒,数次住院。1999年6月,先生又一次因咳嗽、发烧不止而被送进开封淮河医院。在病榻上,先生再度与病魔抗争了近两个月,终因抵抗力不足,不幸于1999年8月16日12时40分病逝,享年98岁。于安澜先生倾自己毕生精力为华夏学术文化和教育事业做出了重大贡献。他的离去,不仅使亲人、朋友、学生倍感哀痛,而且许多只闻其事、未见其面的人们也产生了由衷的缅怀。

得知先生辞世的消息后,同人、学子纷纷献上自己的哀思:"大雅云亡学界於今伤巨子,哲人其萎名山自古有遗书""一部说文演三代,两函韵谱吟六朝""教诲泽及乡梓,淳风永留民间""与世无争与人为善返朴归真存大雅,书因鸟迹文似龙心鹤飞

---

① 于采芙:《父亲永远活在我们心中》,载张生汉编《于安澜先生纪念集》,河南大学出版社,2009,第66页。

剑化横秋云"①……一幅幅挽联,诉不完众人对先生的深深敬仰,一个个花圈,表不尽人们对失去先生的哀痛。时任全国人大常委会副委员长、民进中央主席、国家语言文字工作委员会主任许嘉璐先生发来一封唁电,让河南大学师生更加意识到于安澜先生为人的低调和他深远的影响。许嘉璐曾是北京师范大学中文系的教授,是位古汉语专家,多年来对于安澜的道德学问十分敬仰。作为一名国家级领导人,许先生在唁电中称:"先生道德文章,为世人敬仰。"这十一个字,可以说是对于安澜先生一生的精辟总结。

综观于安澜先生的一生,历经了辛亥革命、抗日战争、解放战争、新中国成立、整风反右、"三面红旗"(总路线、"大跃进"、人民公社)、三年困难时期、"文化大革命"和改革开放,几乎走过了整整一个世纪。这是一个大动荡、大变革的世纪,中国从一个腐败的封建王朝,变成了一个欣欣向荣的社会主义国家。虽说变化的总趋势是好的,但巨变产生的震荡,毕竟给社会大众带来了很大冲击,也影响了做学问的宁静环境。新中国成立后,当时政府对于如何治理、如何建设晚清以来贫弱多难的国家,在探索中难免走了些弯路,比如长期对知识分子采取过"左"的政策,影响了知识分子做学问的积极性。在这种社会背景中,于安澜先生在屡屡身受打击的情况下,始终坚持不懈,对学术、对社

---

① 周启云:《读书、治学、做人的楷模——沉痛悼念于安澜教授》,《河南大学学报》(社会科学版)1999年第6期,第125页。

第七章 道德学问,泽被世人(1992—1999)

会做出如此贡献,不得不令人钦佩。在多年的社会动荡与不公正的政治遭遇中,他始终心态平和、乐观向上,长寿近百岁,不能不令人赞叹!

于安澜先生一生心胸坦荡、为人正直,既不会冷淡落魄者,更不会青睐得势者;他的一生谨言慎行、严于律己,却宽厚待人、与人为善;他一生艰苦朴素、从不浪费一文钱,却又从不在乎金钱利益;他公私分明,对单位、对社会倾尽全力,却从不占公家一分一毫……于安澜先生走了,但给我们留下了丰富的文化遗产,更为后辈,尤其是知识分子,树立了一个光辉的榜样。

这是一位与世纪同行的国学大师,历经百年沧桑。斜阳远巷,青灯黄卷,默默地在传统文化的大路上讲经传道。从20世纪30年代初到90年代末,于安澜先生为我国的学术文化与教育事业辛勤耕耘了近70个春秋,在音韵、文字、训诂、古典诗词、美术、书法、篆刻等诸多领域,都留下许多宝贵遗产。

于先生不但在文字、音韵以及书画理论上成就卓然,而且在书法、篆刻乃至绘画的实践上也都有过人之处。在书法上,他一生崇尚"二李"(秦李斯、唐李阳冰),宗法"二王"(晋王羲之、王献之),兼得文徵明、董其昌等诸家之精髓;他的篆书上逐周秦之体、下及清末王福庵,用笔圆润舒展、典雅秀美,被日本书法界尊称为书圣。他的书法作品遍布全国各地乃至海外,共可分为五类:(1)专门创作送往展会、被选入作品集的;(2)为古刹、祠堂撰写的碑文、对联;(3)为亲朋、同事、邻居乃至崇拜者撰写的条幅、中堂;(4)为亲朋、同事、邻居撰写的过年用的春联;(5)书信。这些作品数量众多,无法具体统计。

先生的篆刻得益于深厚的小篆功底,间取钟鼎文字,又善摹汉白文和三晋朱文。早年他在燕京大学学习期间,曾在美丽的校园里多处留下石刻作品。至今,九十多年以后的今天,在学校(如今这里是北京大学)未名湖的湖中岛南侧,仍然可以在一块立石面上清晰地看到他的篆刻——"叠翠"二字。治印方面他推崇浙、皖诸家,师法王福庵、邓石如、赵之谦等人。现代的郁重今、方介堪、士一居和茅大容皆是他引为楷模的刻手。尤其方介堪,与先生过从甚密,友情弥笃。每有新作,必寄予先生欣赏、品评。先生因爱其所作,将所寄印稿一一整理,粘贴成册。自解放初至20世纪末共存方先生原印拓稿一百余方。受这些大家的影响,先生的印文布局平稳,刀法精锐,线条柔韧。大多是给亲朋好友篆刻的印章,其中不乏段凌辰、朱芳圃、李学勤、孙作云、赵鑑钺等名家;也有为平原师范学院(为今河南师范大学与新乡学院的主要前身)图书馆,河南师范大学图书馆等特治的藏书章;还有"莺歌燕舞""寄情""古稀老人"等闲章。他的这些印刻作品和书法一样,大都存于私人手中,散在全国各地。

于安澜先生的绘画多为山水花鸟,师承"四王吴恽",早年得到过仝伯高先生、著名画家陶冷月先生的真传,其后又得到胡佩衡、俞剑华等先生的指导。他读大学时曾用心临摹过大雄山民姜筠的山水四屏轴。新中国成立后,其画作更为大气。他游览过黄山后,创作出不少作品,《观瀑图》《黄山云松图》《从狮子林望黄山北海宾馆》等,格调古朴淡雅,笔墨细腻灵秀,意境深邃

第七章 道德学问,泽被世人(1992—1999)

高远,耐人品味。他画的花鸟,生动可爱,曾有一幅临摹的《陈半丁临元人花鸟中堂》,一只凤凰似的白色鸟儿,与岩石、古木、红叶相伴,羽毛纤毫毕现,栩栩如生,画面色彩明丽又不失温雅,透出一种雍容祥和的意韵。

于安澜先生一生淳朴天然,淡泊名利,勤奋节俭,乐观风趣,以一颗赤子之心,影响与感动着许多晚辈学人。张啸东曾撰写文章纪念,生动感人:

> 谈于先生的品学总使人想起那则在河南大学流传较广的有关先生的一段笑话。话头是从当年安澜老人住在开封花井街的时候开始的,那时他常喜欢到书店街买点书或文化用品什么的。有一次排队购物时,有人问他在哪个单位干活,他说:"开封师院。"这个人立即说:"看大门挺辛苦吧!"熟悉先生的人都知道,他日常的衣着毫无专家学者风度,他自己也常常称自己"土气",难怪一些人不把他与"大学教授""专家学者"联系在一起了。
>
> 老人爱说:"人活着要顾及他人,搞艺术创作、治学却要靠自己。"纵观这位世纪老人所走过的治学道路,的确是实践了自己的诺言。他忠于自己的艺术理想、治学宗旨,不媚俗,不趋时。
>
> …………
>
> 几十年来,这位走过近百年沧桑的文化老人,冷静、沉稳而超然地待在古东京的一角,指点古往今来的诸多趣事,挥洒商彝周鼎文字,不故作惊人之语,更无超时之态。他苍

摹陈半丁花鸟轴　1984年

第七章 道德学问,泽被世人(1992—1999)

劲、古朴的创作风格和历经忧患情思,使他的作品散发出一种浓郁的沧桑感。于安澜的存在,使我们热闹而益显芜杂的文化旅程中,出现了纯粹的、导源民族文化源头的国学学人。这是一个不可小视的存在,他让我们深切地感受到了流行40余年的文风、艺风的孱弱性。与他这样沉浸在东西文化之海的文化人相较,当代会涂抹两笔的所谓文化人应当感到惭愧。至少,这位世纪学人,他深厚的历史感和独立的人文品格,对我们当下浮躁的文坛、艺坛来说,是一个深刻的提示。

纵观于安澜先生的一生,他的绝大部分时间均投入到了书斋与讲坛。因为一直远离文化中心,他的精神便蒙上了一层与世人迥然有别的光环。当中国与世隔绝,或文化断裂的时段,只有这位一生都以教书育人为业的百龄老人,还在默默构建着古文明和现代文明的接轨。回首这个即将跨越的世纪,我们可以说,于安澜老人是一个怪异的存在,这种感觉不仅来自于他作品的本身,更主要的大概还是他那与时少涉、与世寡处的生活治学态度。他太勤奋、太理性,乃至通常文人那种坦露胸怀的苦诉,都隐到了那些枯燥的典籍文字阐释的文字后面去了,包括先生那几篇有限的序跋文字,我们都无法寻觅到那"苦雨斋"式的柔柔的散文式的流露以及无奈的自语。

于安澜教授的一生,戏剧性的波澜并不多,更缺乏传奇色彩。然而,正是这出奇的平淡却放射出了迥乎寻常的光辉。这位世纪老人身上闪耀着中国人特有的纯朴、谦逊、坚毅、顽强、勤奋的民族精神。他的治学态度和思想品德,值得后学如我辈作为一生立身学习的借鉴和楷模。先生漫长而曲折的人生之路,凝聚着沉重的历史感,它也是充满忧患沧桑的河南乃至中国近代艺术、学术发展史的一个缩影。①

于安澜先生不仅是河南乃至中国近代艺术、学术发展史的一个缩影。他近百年的生命历程,约有60年时光是在河南大学度过的,他的一生与这所学校紧紧联系在一起。与这所百年学府一样,经历过荣光,也饱受过坎坷。从某个角度看,于安澜先生的生命轨迹,也可以说是百年河大命运的一个意味深长的缩影。

先生走远了,但他的背影依然传递出无穷的精神力量,令后人无比怀想……

---

① 张啸东、王小珲:《学问安身心　艺术慰平生——记世纪文化老人于安澜先生》,《中州统战》2000年第6期。

附　　录

于安澜先生著作

1.《汉魏六朝韵谱》:1936年5月,北平中华印书局出版;1970年,日本东京汲古书院影印出版;1989年,河南人民出版社出版修订本;2015年,河南大学出版社列入"百年河大国学旧著新刊丛书"出版。

2.《画论丛刊》:1937年6月,北京中华印书局出版;1960年,北京人民美术出版社出版两卷本;1970年,日本翻印出版精装日译本;1978年,香港中华书局翻印出版。

3.《〈说文解字〉分类简编》:1937年完成。

4.《历代文学家传选》:1938年完成。

5.《名句辑要》:1938年完成。

6.《古书文字类编》:1953年完成。

7.《画史丛书》:1963年,上海人民美术出版社出版;1970年,台湾翻印出版;同年,日本也翻印出版了精装日译本。

8.《画品丛书》:1982年,上海人民美术出版社出版。

9.《书学名著选》:1979 年,开封文化馆内部印行。

10.《书法源流表》:1979 年,开封文化馆内部印行。

11.《历代典范语言类编》:1987 年完成。

12.《古书文字易解》:1991 年,河南大学出版社出版。

13.《诗学辑要》:1992 年,四川人民出版社出版。

14.《画论丛刊》《画史丛书》《画品丛书》《书学名著选》(附《书法源流表》)结为"于氏书画学四种",2009 年,由河南大学出版社出版。

于安澜先生年谱

1902年,11月22日(农历十月二十三日)出生于河南省滑县牛屯镇鸭固集村绅董之家。

1910年,进入私塾学习,曾跟随简易师范的宋修吾老师、老秀才黄子开老师等学习国文、历史、数学、地理、生物等各科新知识以及传统经典。

1920年,秋季考入河南省省立汲县(卫辉)中学,学制四年。曾师从范文澜先生,对文字学、音韵学产生了浓厚兴趣;并向仝伯高先生学习绘画艺术。同年与夫人赵心清结婚。

1924年,夏季由汲县中学毕业,因学习成绩优异(中学四学年八个学期中有七个学期成绩名列全年级第一),被保送至河南中州大学(河南大学前身)。

1925年,在中州大学文科就读,师从冯友兰、董作宾、嵇文甫等名师。同年大女儿采蘩出生。

1926年,在班上发起成立了学术研究会。

1927年,因军阀混战,上半年中州大学停课,返乡自修,照顾病重的父亲。父亲于当年去世。同年7月,中州大学合并原法专和农专两校,更名为河南中山大学。同年长子静山出生。

1928年,秋天返校,师从刘盼遂、段凌辰等先生。与许敬参等参加了开封"衡门新社"(诗社),与校内同道发起成立了"巴歈剧社"豫剧社团,并任常务委员。

1929年,在学校发起成立了美术研究会,并任负责人。同年,上海暨南大学美术系主任陶冷月先生到校办画展,举办美术讲座,遂向陶先生学习绘画。

1930年9月,河南中山大学更名为河南大学,同年冬季,修满学分,从河南大学文史学院毕业。

1931年春,受聘于省立信阳第三师范学校,任国文教师。同年,次子蕴山出生;秋,因病返乡调养。

1932年春,受聘于豫北沁阳省立第十三中学,任文史教师。暑期考入燕京大学研究院国学研究所。同年开始撰写第一部学术专著《中国诗学总论》。

1933年,开始从事汉魏六朝时期的音韵学研究,夜以继日地编写《汉魏六朝韵谱》。同年,《中国诗学总论》完稿,作为1933年学术成果上报,获河南省教育厅甲等学术奖金400元。

1934年,写出了《汉魏六朝韵谱》初稿,获得燕京大学国学研究所哈佛学术奖金500元(由哈佛大学资助),学术事迹和该书的重要学术意义刊载在《北京晨报》1934年7月初某号,年底又获得河南省教育厅学术奖金600元。

1935年,继续在燕大从事学术研究,同年暑假返乡探视月余,回北平后一边修改校订《汉魏六朝韵谱》,一边编写《画论丛刊》。

1936年夏,代表性学术著作《汉魏六朝韵谱》一函三册由中华印书局付印出版,著名语言、音韵学家钱玄同、闻在宥、刘盼遂等为之作序,在学术界引起轰动。同时,另一美术理论和史论方面的代表著作《画论丛刊》完稿,交中华印书局校订排版。

1937年6月,《画论丛刊》由中华印书局出版发行,一函六册,国画大师齐白石、萧谦中为该书题写了书名,著名美术史论家余越园、郑午昌分别为该书作序,国画大师、著名美术史论家黄宾虹对该书予以极高的评价。同年七月,卢沟桥战事爆发,北平沦陷,平汉铁路中断,滞留在北平,暂住在同学熊正文家。

1938年,客居熊家一年左右,经燕大同学王锡昌介绍,于同年秋到北平汇文中学任高中三年级文史教员。任教期间编写了《历代文学家传选》《名句辑要》等著作。

1939年,在汇文中学任教至暑假,平汉铁路通车,遂即由北平返乡,隐居故里。

1940年,因战乱及其他原因,家境败落,与兄析产,分而治家,隐居避难,教授子女读书,闭门研习文史与书画。

1941年,小女儿采芙出生,仍在家中避难隐居。

1942年,河南大学已迁至嵩县潭头镇,应经文史系主任嵇文甫、副主任段凌辰约请,拟前往潭头任教,但因战乱迁校而未能成行。

1943年,仍在家中教授子女读书,闭门研修书、画和文史。

1944年,应聘到滑县联中任教,三个年长的子女进入滑县联中就读。

1945年,抗战胜利后,滑县联中迁至封丘县境内,仍在联中执教。

1946年秋,应河南大学邀请,由家乡来开封,在河大文学院任教。

1947年春夏之交,将家眷由滑县老家迁至开封,住塘坊口街12号,子女、侄儿均在开封的中、小学入学就读。教书之余为师生作画、刻印、辅导美术。并与河南省美术界的人士如魏紫熙等相交,切磋画艺。

1948年,春季,应滑县同乡暴春霆之邀,为《林屋山民送米图》题咏,歌颂乡贤廉吏暴方子。6月,开封第一次解放,国民党政府教育部命令河南大学南迁苏州,10月举家随河大最后一批迁往苏州。

1949年春,与王仲嘉教授同游杭州、南京等地,后又携次子蕴山步行至苏州灵岩山、光福镇游览,并作了《邓蔚探梅记》一文。同年5月苏州解放,7月中旬随河大返汴,9月参加研究班进行为期半年的政治学习。

1950年夏,将家搬迁至开封市花井街3号。同年暑假,被河大解聘。9月,前往武昌教育学院任教,主讲历代散文和历代韵文。

1951年9月初,应聘到平原师范学院(今河南师范大学)任教。12月前往江西抚州专区乐安县搞土改,历时三个半月。

1952年4月初,土改结束返回平原师范学院,教两个班的实用文字学。

1953年,为疏通青年学生阅读古书的障碍,编写了文字训诂学方面的专著《古书文字类编》,并亲自刻蜡纸,为学生油印,作为教学参考书。8月,河南大学与平原师范学院合并,统称为河南师范学院。

1954年,天津、济南等地院校邀请前去任教,未能成行,仍在河南师范学院(新乡分部)教授古典文学、古文字学等课程。

1955年,人民美术出版社约请再版《画论丛刊》一书,开始对该书进行校订。8月,教育部进行院系调整,河南师范学院本部更名为开封师范学院,原新乡院部的文科并入开封师范学院。

1956年,仍在新乡师范学院中文系任教,并在逆境中编写有关学术著作。

1957年,编订两卷本的《画论丛刊》。同年,回到开封师院中文系工作。

1958年,在开封师院中文系资料室工作,并孜孜不倦地整理、编写《画史丛书》。

1961年,北京人民美术出版社出版两卷本《画论丛刊》。三年自然灾害开始,在生活十分困难的情况下,仍然在致力于编写《画史丛书》等学术著作。

1961年,完成了《画史丛书》初稿。

1962年,作为中原地区的唯一代表,到杭州参加文化部组织审定浙江美术学院王伯敏教授所编《中国绘画史》的会议。会议结束后,到黄山游览、写生,留下了大量画稿。回汴后创作了《黄山人字瀑》《从狮子林望黄山北海宾馆》等山水画代表作。

1963年10月,所著《画史丛书》由上海人民美术出版社出版发行。全书两函10册,是继1937年出版《画论丛刊》之后的又一重要的美术史论著作。

1964年,开始搜集资料,着手编写另一部美术史专著《画品丛书》。闲暇之时,创作书画作品。

1965年,继续整理、编写《画品丛书》。

1966年,"文化大革命"开始,作为"反动学术权威"受批斗,并被关进"牛棚",一切学术计划中断。

1967年,"文化大革命"进入混乱时期,时常遭到批判,接受"劳动改造"。

1968年,随学校到河南灵宝县参加"斗、批、改",继续在农村接受"劳动改造"。

1969年，随学校下放农场劳动，先到杞县孙刘农场，后至尉氏县永兴河大农场。

1970年，对受到的批判和不公正待遇趋于淡化，冒着受批判的风险继续从事学术研究和编写学术专著。是年，台湾方面翻印出版了《画史丛书》，日本也翻印出版了《画论丛刊》和《画史丛书》精装日译本。同年，日本汲古书院将《汉魏六朝韵谱》翻印出版。此后，在海外学术界影响越来越大。

1971年，开始参加开封市书法界的活动，其书法作品开始参加展览。

1972年，为开封市书学研究会整理、编写《书学名著选》和《书法源流表》。

1973年，创作了大量书法作品，应邀为国内许多书展寄送书法作品。

1974年，整理编写学术著作文稿。

1975年，继续编著《画品丛书》，精研书法。夏季，携外孙女刘小敏前往广州，看望在广州工作的二儿子蕴山一家，并前往中山大学拜访了老朋友容庚教授、刘节教授。后又从广州至桂林游览，返汴途中遇河南驻马店地区洪水暴发，京广线中断，几经周折，绕道襄樊回到开封。

1976年春，开封市书法家协会与杭州书协举行第一次书法交流和互展，作为开封市书法代表团成员，亲赴杭州、上海、苏州、南京等地与江、浙书法、篆刻家进行学术交流。在杭州期间,拜访全国著名书法家沙孟海。在上海期间,与当地知名书法家进行了交流,并到复旦大学拜访了老朋友王鸣岐。在苏州期间,曾到全国著名书法家费新我家中拜访,双方当场挥毫,互赠书法作品留念。后又从苏州至无锡,游览了太湖鼋头渚、蠡园、无锡惠山等风景名胜。至镇江,游览了金山、焦山。到南京拜访了画界老友河南籍著名画家魏紫熙、李剑晨。之后,又前往安徽灵璧,看望了当时在该县工作的小女儿采芙。

1977年夏,与本校艺术系主任丁折桂先生结伴前往西安,游览了西安各处名胜,后从西安到四川成都,赴峨眉山、都江堰等地游览写生,然后到重庆,坐船游览长江三峡,写生作画,下江陵至武汉,由武汉返汴。对多年前所著《古书文字类编》书稿进行了修订,并更名为《古书文字易解》。

1978年,香港中华书局翻印了《画论丛刊》,随之传播至东南亚各国,成为海外美术工作者和从事美术理论研究者的重要参考书,在海外美术界产生了重大影响。

1979年初,夫人赵心清因病去世。秋,重登讲台,为恢复高考后第一届(七七级)中文系学生讲课。书法作品《庆祝建国三十周年纪念写杜工部戏为六绝》入选全国第一届书法篆刻展,1981年收入人民美术出版社出版的《书法作品集》中。

1980年夏,河大新建教授住宅楼竣工,遂携大女儿采蘅及外孙女刘小敏由开封市花井街3号迁至河大南宿舍区教授楼3排7号。

1981年,"拨乱反正"之后,精神矍铄,全身心地投入整理旧时文稿和学术研究,《画品丛书》完稿。

1982年,所著《画品丛书》由著名国画大师刘海粟题签,上海人民美术出版社出版。至此,在美术史论和美术理论方面的三部巨著已告完成,其间跨越了近半个世纪。11月,中国训诂学会在苏州召开成立大会,作为学会发起人之一,应邀前往参加,与北大王力教授一起当选为中国训诂学会顾问,许嘉璐任秘书长(时为北师大教授)。在苏州会议上,首先提出了筹备召开全国性的纪念许慎学术研讨会的议题。

1983年,河大中文系古汉语硕士点正式通过国务院学位委员会授权,开始招收第一届硕士研究生。1月,所提出的召开纪念许慎学术会议的建议被省内有关部门采纳,河南省文物局1983年专为此事下发了第5号文,通知地区及郾城县文化局做好迎接召开纪念许慎学术讨论会的准备工作。4月,亲赴郾城许慎故乡考察。

1984年5月,河南师范大学恢复原"河南大学"校名。同年,出任河南大学古籍整理研究所所长,提出了古籍整理规划。7月,携大女儿采蘅、小孙子于军威参加了由校工会组织的赴曲阜、泰山等地的旅游活动,以82岁高龄登上泰山之巅。8月,撰写自传。作为主持人,申报了《历代典范语言类编》课题,并获立项。

1985年4月12日,所发起的"全国首届纪念许慎学术研讨会"在河南大学隆重召开,取得圆满成功,并在国内外引起了重大反响。同年,亲临河南洛阳和郾城等地为许慎纪念馆、许慎墓碑题匾和撰写碑文。

1986年,继续带研究生,著书立说。暑假,携外孙女刘小敏、孙女于绍芬、孙子于军威及重外孙李璞到北京游览,看望在京工作的小女儿采芙一家。10月离休。

1987年,与课题成员经过三年努力,完成《历代典范语言类编》一书的编写。同年向河南省有关领导和部门提出为画圣吴道子筹建纪念馆的建议,并亲赴禹州市吴道子故里考察,向画界老友魏紫熙、李剑晨、刘凌沧、郭绍钢等写信,请他们捐资、捐画,支持吴道子纪念馆的筹建。8月,携外孙女刘小敏赴山西太原参加由山西大学主办的"张彦远学术思想研讨会"。会后,前往大同、五台山等地游览。

1988年,仍坚持在学术研究上默默耕耘,在书、画艺术上探索并奖掖、培养后学。

1989年,对《汉魏六朝韵谱》韵部属字做了勘订,并由同乡、河南省委党校暴拯群教授校订、抄写了全书。5月,《汉魏六朝韵谱》由河南人民出版社影印再版。

1990年,与同校诗词爱好者共同发起成立了"梁苑诗社",创作了大量诗、词。

1991年,所著《古书文字易解》由河南大学出版社正式出版。

1992年9月26日,河南大学召开了"于安澜先生学术研讨会",庆祝先生90华诞和河大建校80周年。11月,所著《诗学辑要》由四川人民出版社出版。

1993年,初秋,因病住院两月余,后出院在家养治。

1994年夏,病后身体状况基本恢复,在家读书、看报、静养。

1995年,体力稍有恢复,仍积极向有关领导和部门写信,为纪念先哲,弘扬优秀传统文化奔走呼吁。

1996年,年事已高,体力下降,在家中颐养天年。

1997年,因肺部感染,数次住校医院。

1998年,因咳嗽、感冒数次住院。

1999年8月16日12时40分,因病医治无效,在河南开封去世,享年98岁。

参考文献

于安澜:《于安澜自述》,载高增德、丁东编《世纪学人自述》(第二卷),北京十月文艺出版社,2000。

王蕴智:《于安澜先生传略》,载《字学论集》,河南美术出版社,2004。

刘仲敏:《深切缅怀外祖父于安澜先生》,载赵国成、张放涛主编《文史撷萃》(上),河南人民出版社,2006。

张生汉编《于安澜先生纪念集》,河南大学出版社,2009。

张如法:《于安澜素描》,《东方艺术》1994年第6期。

栾广明:《国学大家于安澜》,《美术观察》1998年第3期。

张啸东、王小珲:《学问安身心　艺术慰平生——记世纪文化老人于安澜先生》,《中州统战》2000年第6期。

姚伟、王宏宇:《一生淳朴于安澜》,《大河报》2013年01月28日。

黄萌生:《世纪学人于安澜》,《大观》(收藏)2017年第5期。

刘仲敏:《于安澜年谱》,《大观》(收藏)2017年第5期。

张如法:《我所知道的于安澜教授二三事》,《协商论坛》2020年第10期。

于安澜:《学书自述》,《大学书法》2021年第4期。